로크미디어가
유혹하는
재미있는 세상

테이밍마스터 46

2021년 9월 14일 초판 1쇄 인쇄
2021년 9월 17일 초판 1쇄 발행

지은이 박태석
발행인 김정수 강준규

기획 이기헌 왕소현 박경무 강민구
책임편집 천기덕
마케팅지원 배진경 임혜솔 송지유 이영선

발행처 (주)로크미디어
출판등록 2003년 3월 24일
주소 서울시 마포구 성암로 330 DMC첨단산업센터 318호
Tel (02)3273-5135 **편집** 070-7863-0307 **Fax** (02)3273-5134
홈페이지 rokmedia.com **E-mail** rokmedia@empas.com

ⓒ 박태석, 2016

값 8,000원

ISBN 979-11-354-6825-4 (46권)
ISBN 979-11-5960-986-2 04810 (세트)

박태석 게임 판타지 장편소설 46

Taming Master

테이밍마스터
시즌3

ROK MEDIA
로크미디어

CONTENTS

신이 없는 세계

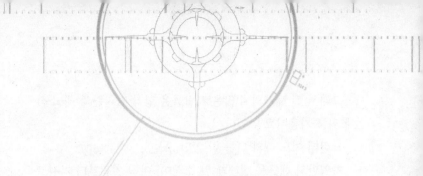

카일란이 출시된 지도 무려 5년이 넘는 세월이 흘렀다.

그것은 처음 카일란이 출시될 때 새내기였던 진성이 휴학을 포함해도 졸업하기에 충분한 시간이었다.

사실 진성은 거의 모든 학기에 학사 경고를 받아도 이상하지 않을 성적이었다.

이진욱 교수와의 내기라는 특수 케이스가 아니었다면 분명 진성은 졸업하지 못했을 것이다.

진성이 카일란을 즐긴 기간은 이 게임이 완전히 하나의 문화로 자리 잡기에도 분명 충분한 시간이었다.

남녀노소 할 것 없이 다양한 목적성을 가지고 즐길 수 있는, 전 세계인의 콘텐츠이자 문화가 된 가상현실 게임 카일란.

그래서 전 세계의 수많은 사람들은 항상 카일란의 새 소식에 귀를 기울이고 있었다.

그런데 여느 때와 다를 바 없던 오늘.

카일란의 팬들을 설레게 할 소식이, 아침 일찍부터 기사로 쏟아지기 시작하였다.

정말 오랜만에 대형 기사가 터진 것이다.

금일 새벽 3시경, 전 세계 모든 서버에 의미심장한 월드 메시지 발생!

'새로운 세계의 탄생'이 의미하는 것은?

카일란에 새로운 대륙 전격 공개?

새로운 무대의 등장일까? '새로운 세계'에 대해 수없이 많은 추측 난무!

LB소프트, 콘텐츠에 대한 오피셜한 정보는 공개하지 않아…….

LB소프트의 수석 기획자 나지찬, "예정되어 있던 시나리오의 진행이다."

"유저분들께서 새로운 콘텐츠를 즐겨 주시길 바랄 뿐……."

기사가 터진 이유는 다른 것이 아니었다.

대부분의 한국 유저들이 잠들어 있던 UTC(Coordinated Universal Time, 세계 표준시) 기준 18시경, 다음과 같은 글로벌 메시지가 갑자기 떠올랐기 때문이었다.

　―초월자의 '선택'에 의해 히든 시나리오가 개척되었습니다. 120
시간 뒤, 새로운 세계가 탄생합니다.

　떠오른 수많은 메시지 안에서 가장 핵심이 되는 것은 '새
로운 세계'라는 단어.
　세계 각국의 언론들과 유저들은 이를 다양한 시각으로 해
석하기 시작했다.

　　―새로운 세계가 대체 뭘까?
　　―글쎄. 도저히 감이 안 오는데.
　　―맞아. 타이밍이 너무 뜬금없잖아?

　다양한 추측들이 나오는 가운데, 가장 힘이 실리는 의견은
두 가지였다.

　　―혹시 다른 차원계가 새로 나오는 건가?
　　―그럴 가능성도 적지 않지만, 나는 신대륙 오픈일 확률이 높다
고 봄.
　　―왜?
　　―솔직히 중간계 공략도 아직 한참 남은 시점에서 LB사가 새로

운 차원계를 오픈할 이유가 없잖아? 콘텐츠도 남아도는데.

　-하긴 중간계보다는 지상계 콘텐츠가 많이 부족하긴 하지.

지상계에 신대륙이 오픈되거나, 혹은 중간계에 새로운 차원계가 등장하거나.

현재 카일란 내부적으로 진행 중인 시나리오 안에서, '새로운 세계'가 생길 수 있는 가장 그럴싸한 방향성이 이것이었으니 말이다.

위 의견들에 비해 많이 마이너이지만, 그다음으로 많은 의견은 '신규 서버'에 대한 이야기였다.

글로벌 메시지에서 언급한 '새로운 세계'라는 말이, 신규 서버를 의미하는 것은 아닐까 하는 추측이었다.

　-음, 혹시……. 새로운 서버가 나오는 건 아닐까?

　-신규 서버……?

물론 신규 서버에 대한 의견을 낸 유저들은, 다른 유저들에게 맹비난을 당해야 했지만…….

　-그럴 리는 없음.

　-맞아. 선례가 없잖아.

　-ㅋㅋㅋㅋ 헛소리에 웃고 갑니다.

－카일란이 신규 서버 찍어 내서 과금 유저들 돈 빨아먹는 게임
도 아니고, 이 시점에 신섭 낼 이유가 있나?

　－국가별 1서버 체제에서 신규 서버가 어떻게 나옴 ㅋㅋ

　－이 친구가 무인도에 건국이라도 하려나 보지.

　－미친 ㅋㅋㅋ

　그러나 유저들은 한 가지 사실을 기억해야만 했다.

　LB소프트는 대부분의 경우, 유저들의 예상을 깨는 것을
좋아한다는 사실을 말이다.

　이안이 물었다.

　"네? 그게 무슨……?"

　그리고 드라키시스가 천천히 대답하였다.

　－말 그대로다, 초월자여.

　"……."

　－그대는 초월의 길 위에서 모든 시련을 견뎌 내었다. 이제
그대에게 마지막으로 남은 것은 '믿음'을 쌓는 것이다.

　고룡 드라키시스의 세 가지 시험을 클리어한 뒤.

　그로부터 '고룡의 지혜'를 계승받은 이안은, 그것을 기반
으로 초월의 길에 올랐었다.

그러니까, 그것이 벌써 6개월 전.

그 사이 이안은 '성운' 위에서 수없이 많은 퀘스트들을 클리어하였고, 지금 그 여정의 끝에서 이렇게 다시 드라키시스를 마주하고 있었던 것이다.

게다가 분명 이안이 클리어했던 마지막 퀘스트의 이름은 '신격의 증명'.

무려 하나의 퀘스트만으로 한 달의 시간이 소요된 이 퀘스트까지 성공적으로 클리어한 이안은 이제 드디어 그 '신격'이라는 것을 얻을 수 있을 줄 알았다.

그리고 지긋지긋한 초월의 길을 벗어나 '신'이 되어서, 새로운 컨텐츠들을 원 없이 할 수 있게 될 줄 알았다.

하지만 지금 눈앞에 있는 고룡 드라키시스는 또 다른 이야기를 하고 있었다.

'믿음을 쌓는다?'

뭔지 몰라도 노가다의 향기가 물씬 나는 떡밥이었다.

"제게 분명 그러지 않았습니까?"

-뭘 말인가?

"이번 임무를 완수하고 나면, 신이 될 자격을 얻게 될 것이라고 말입니다."

-그랬지.

태연한 드라키시스의 대답에 이안은 더욱 어이없는 표정이 되었다.

"그런데 또 무슨 믿음을 쌓으라니, 이야기가 다르지 않습니까?"

이안의 말에 드라키시스는 껄껄 웃었다.

그로서는 이안의 이런 당돌함이 재밌는 모양이었다.

드라키시스의 입이 다시 열렸다.

-초월자여.

"예, 드라키시스 님."

-그대는 분명 '신격'을 얻었다. 이제 그대에게는 신이 될 '자격'이 있는 셈이지.

"그……런데요?"

-하지만 신이라는 것은 전능하고 또 전지적인 존재.

"……?"

-그러한 '신위(神位)'를 그대에게 부여해 줄 수 있는 존재는 세상 어디에도 존재하지 않는다는 말이다.

드라키시스의 이야기를 듣던 이안은, 곰곰이 생각에 잠겼다.

그리고 곧 그 말의 의미를 깨달을 수 있었다.

신이 될 자격은 있으나, 신으로 만들어 줄 수는 없다는 말의 의미를.

'그러니까 이 할배의 말은…… 자격은 주었으니 알아서 신이 되어 보라는 건가?'

드라키시스는 거창하게 얘기했지만, 본질은 어렵지 않았

던 것이다.

'신이 되기 위해 해야 할 일이 믿음이라는 걸 쌓는 일인 것 같고……'

이안은 생각이 정리되었다.

하지만 그와 별개로 궁금한 것이 있었기에, 다시 입을 열었다.

"그런데 드라키시스 님."

ー말하라.

"신들 사이에서도 분명 격차가 존재하지 않습니까?"

드라키시스가 고개를 끄덕이며 대답했다.

ー물론이다. 현자의 탑을 지키는 나와 같은 존재들도 분명 '신격'을 가지고 있지. 지금 내 눈앞에 있는 그대에게도 최소한의 신격이 부여되었고……. 모든 용들의 군주이신 세카이토 님 또한 신격을 가지고 있으니까. 하지만 그대가 가진 신격은 지금 세카이토 님과는 물론 나 드라키시스와도 까마득한 위격의 차이가 있지.

세카이토와 드라키시스는 둘다 분명 신격을 가진 신이었지만, 둘이 가진 권능의 격차는 어마어마하다.

여기까지는 이안도 이미 충분히 알고 있는 이야기.

그것을 다시 한번 확인한 이안은 궁금했던 것을 물어보았고.

"그럼 어딘가에 계실 최고위 신께서는 누군가를 신으로 만들어 주실 수도 있는 것 아닙니까?"

그에 드라키시스는 피식 웃으며 답해 주었다.

ㅡ이렇듯 신들 사이에서도 '위격'이라는 게 존재하며, 또 신들 중에서도 절대적인 권능을 가진 분이 존재하지만…… 그것과 별개로 그 어떤 신도 누군가에게 신위를 하사할 수는 없느니라. 신의 위격이라는 것은 특정 누군가에 의해 창조될 수 있는 성질의 것이 아니니까.

이안이 이 질문을 굳이 한 이유는 다른 것이 아니었다.

카일란의 세계관을 조금이라도 정확히 이해하는 것이 콘텐츠 진행에 더 유리하기 때문.

또한 '믿음'이라는 것을 쌓는 것보다 신이 되기 위한 더 빠른 길이 있지는 않을지 궁금하기도 했으니까.

그리하여 드라키시스의 모든 이야기를 명확히 이해한 이안이 고개를 끄덕이며 대답하였다.

"그러니까 '믿음'을 쌓아야 한다는 말씀은, 제가 스스로 신위를 쌓아 올려야 한다는 말씀이시군요."

이안의 그 말을 들은 드라키시스의 입가에 빙긋 미소가 걸렸다.

ㅡ역시 이안, 그대는 이해가 빨라서 좋군.

"감사합니다."

이어서 드라키시스가, 이안을 향해 손을 뻗었다.

ㅡ자, 그럼 이제 그대에게…… 새로운 세계를 소개하겠다.

"새로운 세계라면⋯⋯?"

-그대가 믿음을 쌓아 나가게 될 세계. 아무래도 신이 존재하지 않는 세계가 새로운 신을 탄생시키기에 가장 적합하겠지.

"⋯⋯!"

-그대는 어떤 세계의 신위(神位)에 도전해 보겠는가?

이어서 이안의 눈앞에, 시스템 메시지가 주르륵 떠오르기 시작하였다.

띠링-!

최초로 '신격'을 얻는 데 성공하였습니다.

유저 '이안'이 현재 보유한 신격의 상태는 '무위(無位) Lv 1'입니다.

최초로 '신격'을 획득하여, 새로운 칭호를 획득합니다.

〈초월의 선지자(신화)〉칭호를 획득하였습니다.

⋯⋯중략⋯⋯

'신격'을 획득하였으므로, '신물(神物)'이 부여됩니다.

'초월의 길'에서 활약한 데이터가 수집됩니다.

유저 '이안'의 성향에 가장 알맞은 신물이 부여됩니다.

'권능의 화살(신물)' 아이템을 획득하였습니다.

⋯⋯중략⋯⋯

신이 되기 위한 여정을 떠나시겠습니까?

입신지로(入神之路)를 시작하게 된다면, 조건을 충족할 때까지 기존의

세계로 다시 돌아올 수 없습니다.

시야를 가득 채운 시스템 메시지를 전부 읽은 이안이 고개
를 끄덕였다.

"하겠습니다."

그에 드라키시스는 흡족한 표정으로 고개를 주억거렸다.

띠링-!

새롭게 시작할 세계를 선택해 주십시오.

-신이 없는 세계   -태동의 세계

-멸망한 세계   -저주받은 세계

-신을 잃어버린 세계

생각지도 못했던 메시지에 이안은 잠시 고민에 빠졌다.

새로운 세계에서 시작한다는 것의 의미조차 정확히 짐작
되지 않는 상황에서, 앞으로 한동안 콘텐츠를 진행해야 할
새로운 세계를 고르라니.

'심지어 이름만 봐서는 어떤 세계일지 짐작도 되지 않잖
아?'

하지만 고민해 봐야 답이 나오지 않는 이런 상황에서 오래
시간을 끄는 것은 이안의 스타일이 아니었고.

그래서 이안은 아주 심플하게 선택지를 골라 담았다.

"신이 없는 세계로 하겠습니다."

주어진 다섯 개의 선택지 중, 가장 흥미를 유발하는 선택

지였던 신이 없는 세계.

　-확실한가? 이 결정은 그 누구의 힘으로도 다시 무를 수 없느니라.

　재차 묻는 드라키시스를 향해 이안은 고개를 끄덕였고…….

　"확실합니다, 드라키시스 님."

　그와 동시에 이안의 시야가 천천히 어두워지기 시작하였다.

　-그대의 고행에 축복이 함께하길…….

　묵직한 드라키시스의 목소리가 머릿속에 울려 퍼짐과 동시에, 황금빛으로 빛나는 시스템 메시지들이 차례로 떠오르기 시작했다.

　-'신이 없는 세계'를 선택하셨습니다.

　-유저 '이안'의 데이터를 재정비합니다.

　-시나리오 입신지로(入神之路)가 진행되는 동안, 유저 '이안'의 영혼이 현자의 탑에 보존됩니다.

　-유저 '이안'의 플레이 데이터가 초기화됩니다.

　-새로운 차원계를 구성하기 시작합니다.

　……중략……

　-새로운 차원계의 구성에 약 72시간이 소요될 예정입니다.

　-새로운 서버의 세팅에 약 48시간이 소요될 예정입니다.

−모든 준비가 끝날 때까지 유저 '이안'의 계정이 블록 상태로 설정됩니다.

−약 120시간 이후 다시 접속하실 수 있습니다.

이안이 시스템 메시지를 읽어 내려가는 동안, 그의 시야는 다시 점점 밝아져 갔다.

그리고 모든 메시지를 전부 확인했을 때.

−초월자의 '선택'에 의해, 히든 시나리오가 개척되었습니다. 120시간 뒤, 새로운 세계가 탄생합니다.

이안의 심장 박동이 점점 더 빨라지기 시작하였다.

＊＊

수많은 카일란 유저들이 '새로운 세계'에 대한 궁금증으로 갑론을박을 벌이고 있던 그 시각.

그보다 훨씬 더 심각한 주제(?)로 고민에 빠진 유저들도 있었다.

그들은 다름 아닌, 한국 서버 최고의 길드 중 한 곳인 로터스 길드의 수뇌부들이었다.

"아니, 진성이 형 오는 건 맞지?"

"그렇다니까? 하린이가 데리고 나온다고 했으니까 아마 오긴 올 거야."

"아니, 대체 이게 갑자기 무슨 일이야?"

"그러니까……. 마른하늘에 날벼락도 아니고 이게 뭔……."

심지어 로터스 길드원들이 모인 곳은 인 게임(In game)도 아니었다.

어지간한 일이 아니면 오프라인에서는 결코 모일 일 없던 로터스의 수뇌부들이, 미리 계획해 둔 약속이 아님에도 불구하고 강남역 한복판에 거의 다 모인 것이다.

"헤르스…… 아니, 유현이 형."

"응?"

"내가 좀 늦게 와서 제대로 못 들었는데……. 결론부터 말하면 이안 계정이 완전히 비활성화됐단 말인 거지?"

"비활성화랑 조금 다른 느낌이긴 한데, 어쨌든 맞아."

"이형은 대체 또 무슨 짓을 한 거야? 메신저도 아예 꺼져 있던데?"

"나도 몰라, 젠장."

당연한 얘기겠지만, 카일란의 랭커들은 필연적으로 게임 폐인이다.

카일란의 랭커라는 자리 자체가, 하루 24시간을 아껴 가며 플레이해야 겨우 유지가 가능한 자리였으니 이는 너무나도 당연한 사실.

그래서 카일란의 랭커들은 어지간해서는 오프라인에서 그림자조차 볼 수 없다.

심지어 LB사에서 오프라인에 파티를 열어 랭커들을 초대했던 '카일란의 밤'이라는 행사 때조차도, 절반 이상의 랭커들이 불참했을 정도였으니까.

그렇다면 그런 속성을 가진 이들이 이렇게 한자리에 모일 수 있었던 데에는 대체 어떤 이유가 있었던 것일까?

그 이유의 제공자는 바로 로터스 길드의 '대들보'나 다름없는 이안이었다.

"이안 형 최근에 진행하는 퀘스트가, 무슨 신계로 가는 퀘스트라던데."

게임 네임 '간지훈이', 지훈의 이야기에 옆에 있던 혜진이 입을 열었다.

그녀의 게임 네임은 '레미르'였다.

"혹시 그럼 계정이 비활성화된 게, 그 퀘스트랑 관련이 있지는 않을까?"

이번에는 유현이 물었다.

"그게 무슨 말이야, 누나?"

"이를테면 신계로 들어가면서 중간계랑 완전히 단절됐다든가······."

혜진의 말에, 옆에 있던 설영이 화들짝 놀라며 눈을 동그

랗게 떴다.

"진짜 그럴 수도 있겠는데?"

설영은 최근에 다시 로터스 길드의 길드 부마스터를 맡고 있는 피올란.

"그럼 이안이를 한동안 전력 외 취급해야 할 수도 있는 상황인 건가?"

설영의 말에 사람들의 표정이 더욱 복잡해졌다.

하지만 그 이야기를 듣던 유현은 고개를 절레절레 저으며 다시 입을 열었다.

"그건 아닐 거야, 설영 누나."

"그래?"

"그런 거라면…… 설령 메신저가 막힌다고 하더라도 접속 중 표시는 떴어야지."

유현의 말에 레미르, 아니 혜진이 다시 고개를 주억거렸다.

그의 말처럼 아무리 차원계가 단절됐다 하더라도 오프라인으로 표시될 이유는 없었으니까.

"그러고 보니 진성이 어제부터 계속 오프라인이던데……."

"어제가 아니라 그제부터일걸."

스마트폰으로 인게임 메신저를 확인한 지훈은 고개를 절레절레 저으며 한마디 거들었다.

"하긴. 그 형이 카일란을 42시간이나 접속하지 않는 건 말이 안 되긴 하지."

"접속 42시간 전이라고 떠?"

"응, 그렇게 떠."

"대체 뭐가 어떻게 된 건지······."

시간이 조금 더 지나자 시끄럽던 장내는 다시 조용해졌다.

지금 갑론을박 아무리 얘기해 봐야 이안 본인이 와야 속 시원하게 정리가 될 것이었으니, 더 할 이야기도 없었던 것이다.

그리고 그 침묵이 십여 분 정도 이어졌을까?

철컥-!

문이 열리며 새로운 사람이 장내에 등장하였다.

뒤숭숭한 장내의 분위기와 달리 첫마디부터 유쾌한 남자의 등장.

"우와, 뭐야? 우리 길드원들 이렇게 많이 모인 거 처음 봐!"

그가 나타나자마자 가장 먼저 벌떡 일어난 헤르스가 물어보았고.

"야이 씨, 너 어떻게 된 거야?"

그 질문에 남자는 뒷머리를 긁적이며 대답하였다.

"어떻게 되긴, 뭐가 어떻게 돼. 강제 휴가 중이지, 뭐."

"응······?"

그는 오랜만에 게임을 쉬어서 혈색까지 좋아진, 오늘 이 혼란의 주인공, 이안이었다.

×

"왜 이렇게 연락이 안 됐어?"

"기절했거든."

"응? 기절……?"

"성운 마지막 퀘스트가 진짜 미친 퀘스트였어."

"그 드라키시스가 줬다는 최종 퀘?"

"응. 그거 한다고 며칠이나 밤샜거든. 어휴, 거의 30시간 침대에 뻗어 있었네."

"……"

오랜만에 길드원들을 만나 반갑게 인사한 이안은 최근 있 었던 이야기들을 천천히 풀어 냈다.

성운에서 퀘스트를 진행하던 지난 반년 동안은 길드전이 나 특별한 행사를 제외하고 거의 홀로 게임을 플레이한 이안 이었고.

그 때문에 길드원들에게 해줄 이야기들이 꽤나 많았던 것 이다.

어차피 앞으로 며칠은 더 게임에 접속할 수도 없는 이안 은, 딱히 할 일도 없는 상황이었다.

"와, 진짜 무슨 퀘스트 하나하나가 기본 보름씩 걸렸다는 거네?"

"그렇다니까."

"형이 보름이면 난 10일이면 할 수 있어."

"30일이겠지."

"으니그등!"

이안이 진행한 퀘스트들 안에는 다른 랭커들에게도 도움 될 만한 정보들이 많이 포함되어 있었다.

그래서 자리에 모인 사람들은 이안의 이야기를 무척이나 흥미롭게 경청하였다.

하지만 이야기가 막바지에 다다를 때쯤.

흥미진진한 표정이던 로터스 길드원들의 얼굴은, 점점 경악한 표정으로 바뀔 수밖에 없었다.

"그러니까 형 말은……."

"엊그제 뜬 그 월드 메시지가, 이안이 네 작품이라는 거야?"

"미친?"

"대박!"

최근 카일란 유저들 사이에서 가장 뜨거운 이슈인 '새로운 세계' 떡밥을 만들어 낸 장본인이 바로 이안이었다는 사실.

이안의 이야기를 듣다 보니 그것을 어렵지 않게 깨달을 수 있었던 것이다.

"와, 그럼 형이 그 새로운 세계라는 곳에서 신이 되기 위한 퀘스트를 하는 건가?"

"나도 정확히 어떻게 된 건지는 모르겠어."

"유저가 신이 되면 어떻게 되는 거지? 진짜 궁금하네."

"GM으로 전직이라도 하는 거 아냐?"

이안으로부터 재밌는 이야기들을 들은 길드원들은 신이 나서 저마다 떠들기 시작하였다.

지금 접속하지 못하는 이유가 단지 120시간 동안의 접속 제한 때문이라는 이야기도 들었으니, 이안이 앞으로 길드 전력에서 빠지게 될지도 모른다는 걱정은 한시름 접어 둔 것이다.

"그래도 이안이 잠수 탄 덕분에 오랜만에 이렇게 오프 모임도 하고 좋네."

"그러게. 우리가 언제 또 이렇게 오프에서 모이겠어?"

"오랜만에 다들 만났는데, 맥주라도 한잔하고 들어갈까?"

"좋아! 나도 갈래."

"지훈이는 어딜 끼려고 그러는 거야?"

"훈이, 미성년자는 집에 가셔야죠?"

"쳇, 나도 이제 곧 성인이거든?"

"하긴 액면가는 괜찮을 것도 같……."

"누나!"

하지만 속 시원히 모든 상황이 이해됐다고 생각하는 길드원들과 달리, 이안은 조금 거슬리는 부분이 하나 있었다.

카일란에서 로그아웃되기 직전, 눈앞에 떠올랐던 황금빛 메시지들.

'새로운 세계를 만드는 데에 시간이 필요한 건 알겠는데, 왜 그동안 나까지 플레이할 수 없게 블록됐느냐는 말이지.'

카일란의 모든 차원계가 하나의 '서버'라는 것을 아는 이안이었기에 다른 메시지들은 수긍할 수 있었지만.

굳이 새로운 서버가 세팅되는 동안 자신의 계정까지 블록 처리한 이유는 이해할 수 없었던 것이다.

'뭐, 덕분에 푹 쉬기는 했지만…….'

오랜만에 오프라인에서 길드원들을 만난 이안은 웃고 떠들며 즐겁게 놀았다.

이해할 수 없는 일부 상황이 거슬리긴 했지만, 당장 고민한다고 해답을 알 수 없는 부분 때문에 심란해하는 것은 이안의 성격상 맞지 않았으니 말이다.

그리고 그날로부터 2일 뒤.

그러니까 이안의 120시간 블록이 풀리기 정확히 24시간 전.

"이……게 뭐야?"

그 의문스럽던 부분에 대한 해답을 가장 먼저 알게 된 것은 다름 아닌 헤르스였다.

—새로운 서버의 데이터가 동기화됩니다.

아침 일찍부터 길드 거점에 접속한 헤르스의 눈앞에 주르
륵 하고 떠오른 수많은 시스템 메시지들.

　　–길드원 〈이안〉이, 최초로 〈신격〉을 획득하셨습니다!
　　–길드원 〈이안〉이, 히든 시나리오에 편입됩니다.
　　–퀘스트 진행을 위해, 길드원 〈이안〉의 플레이 서버가 〈한국〉서
버에서 〈베리타스〉 서버로 자동 이전됩니다.
　　–길드원 〈이안〉이 자동으로 길드에서 탈퇴됩니다.
　　–시스템으로 인한 길드 탈퇴이므로 모든 패널티는 면제됩니다.

"뭐……라고?"
　그 내용들 안에는, 이안이 미심쩍게 생각했던 부분에 대한
해답이 담겨 있었으니까.

　　–조건이 충족되었습니다!
　　–로터스 길드가 최초로 〈신격〉을 배출한 길드가 되었습니다!
　　–로터스 길드가 최초로 수호신을 획득하였습니다!
　　–수호신 〈이안〉 무위(無位) Lv 1
　　–이제부터 길드 마스터의 권한으로, 하루에 1회 수호신을 소환
할 수 있습니다.
*수호신 유지 시간 : 30분
*길드전에서는 수호신 잔여 소환 횟수와 별개로 수호신을 1회 소환할

수 있습니다.

*수호신의 전투 AI는, 유저 〈이안〉의 최근 30일간 전투 데이터를 바탕으로 구성됩니다.

*수호신의 전투력은 해당 수호신이 쌓아 나갈 〈신화〉에 비례하여 지속적으로 성장합니다.

모든 시스템 메시지를 확인한 헤르스는, 자리에 선 채 멍한 표정이 될 수밖에 없었다.

꽃꽃

카일란 공식 커뮤니티는 난리가 났다.

새로운 세계가 예고된 시간으로부터 정확히 하루 전.

LB사에서 기습적으로 콘텐츠 공지를 공식 홈페이지에 올렸으니 말이다.

게다가 그 콘텐츠는, 대부분의 유저들이 예상했던 것과 완전히 다른 방향으로 발표된 신규 콘텐츠.

'새로운 세계'라는 말에 어느 정도 큰 콘텐츠일 것이라고는 유저들도 예상했지만, 공식적으로 발표된 그 규모는 그 이상으로 어마어마했던 것이다.

그 덕분에 신규 콘텐츠에 대한 기획자 리뷰 글은 올라온 지 몇 시간 만에 조회 수가 수십만을 넘어서고 있었다.

새로운 서버이자 차원계인 베리타스는 단순히 신규 서버가 아닌, 지금까지 존재하던 서버들과 모든 것이 다른 새로운 콘텐츠입니다.

　그 때문에 베리타스에는 새로운 아이템들과 새로운 몬스터, 새로운 히든 피스들과 퀘스트들이 수없이 많이 존재하지요.

　그래서 베리타스에서 게임을 처음 시작하시는 유저분들께는 지금까지 알려진 많은 퀘스트에 대한 공략들이 아무런 의미가 없을지도 모르겠습니다.

　그것은 게임의 플레이 난이도가 훨씬 더 높아짐을 의미하겠죠.

　그럼에도 불구하고 저희 기획진은, 새로 카일란을 시작하려는 유저분이라면 베리타스 서버에서 시작해 보시는 걸 추천합니다.

　카일란의 새로운 세계 베리타스를 가장 먼저 만나 볼 수 있다는 것은, 지금 카일란을 시작할 신규 유저분들의 특권이나 다름없으니까요.

　이것은 아주 특별한 경험이 될 것입니다.

　……중략……

　베리타스는 '신이 없는 세계'입니다.

　규율과 규범을 잃어버렸으며, 모든 것이 원초적인 힘과 자본의 논리에 의해 굴러가는 세계이지요.

　그와 동시에 베리타스는 지금까지 카일란에 존재했던 다른 서버들과 달리 인간 종족과 마족이 하나의 차원계 안에 공존하는 지상계입니다.

물론 인간 종족을 선택한 플레이어와 마족을 선택한 플레이어의 스타팅 지점은 다르겠지만 같은 대륙 안에 두 진영이 공존한다는 사실만으로도 모험가 여러분께 무척 흥미로운 요소일 것이라고 생각합니다.

게다가 특정 국가의 서버가 아니기 때문에 카일란을 서비스하는 곳이라면 전 세계 어디서든 접속이 가능하지요.

……중략……

베리타스는 무궁무진한 가능성을 가진 세계입니다.

어쩌면 여러분들 중 누군가는, 이 '신이 없는 세계' 안에서 최초로 '신'이 되는 영광을 누릴 수 있을지도 모르지요.

저희 LB소프트는, 베리타스 안에서 일어날 모험가 여러분의 흥미진진한 이야기들을 기다리고 있겠습니다.

그럼 24시간 뒤, '노비스 셸터'에서 뵙겠습니다.

카일란에 신규 서버가 열렸다.

심지어 전 세계 어디서든 국적과 장소와 상관없이 접속 가능한 최초의 지상계 서버.

그리고 이제껏 한 번도 공개된 적 없었던 새로운 세계.

누구든지 접근 가능한 이 콘텐츠에 유저들은 열광했고, 오픈 첫날부터 서버가 마비 상태가 될 정도로 많은 사람이 몰렸다.

그나마 서버가 터지지 않고 버텨 준 것은, 서버가 다르더라도 '부계정'을 만드는 게 불가능한 카일란의 게임 특성 때문일 것이었다.

이미 타 서버에 캐릭터가 있는 유저의 경우에는 해당 캐릭터를 삭제하지 않고는 베리타스 서버에 새로 캐릭터를 생성할 수 없는 구조였다.

그렇기에 주로 신규 유저들이나 시작한 지 얼마 되지 않은 초보 유저들이 베리타스 서버에 접속했으니 말이다.

카일란에서 고레벨 캐릭터는 높은 가치를 지니기 때문에, 중수만 되도 신규 서버 플레이를 위해서 자신의 캐릭터를 삭제하는 것은 쉽지 않은 선택.

물론 특이 케이스는 항상 존재했지만 말이다.

－BJ트라간 : 450레벨 광전사 계정 삭제! 신규 서버 〈베리타스〉 일주일 노 방종 달립니다!

－미친, 450찍은 계정을 삭제한다고? 아무리 신섭 랭커를 노린다 해도 450렙은 아까운데.

－뭐, 장비 같은 건 다 처분해서 현금화하겠죠.

－템 파는 거야 당연한 거고, 450레벨 찍으려면 시간 얼마나 필요한지 알긴 하심?

－트라간 아마 PK하다가 악명 쌓여서 이번 기회에 계정 버리려

고 하는 걸걸?

  ―아하, 그런 이유가 있을 수도 있네.

  ―사실 얘보다는 그 유럽 랭커가 대박이지. 아토즈였나?

  ―오 그 사람 알아. 그 사람도 계정 삭제한대?

  ―ㅇㅇ 아토즈는 심지어 중간계 진입 계정이야.

  ―미친……!

  ―공허의 마법사였나……? 히든 클래스에 초월 레벨도 50 넘을걸.

  ―헐, 대박.

  ―아토즈는 피지컬이 최상위 랭커급이라, 아예 신섭에서 마법사 랭킹 1위 노리고 달린다고 하더라고요.

  ―와, 그 사람은 방송 안 해요? 보고 싶다.

  ―방송도 아마 하는 거로 앎.

그리고 너무 당연한 얘기겠지만, 카일란 팬들의 시선은 이런 특별한 유저들에게로 모일 수밖에 없었다.

기존 서버에서도 상위권을 달리던 유저들이니 게임 실력도 증명된 상태였으며, 계정 삭제라는 배수의 진까지 쳤다는 것은 각오가 남다르다는 이야기였으니 말이다.

신규 서버의 랭커 유망주들을 주시하면 새로운 컨텐츠를 누구보다 빠르게 접할 수 있을 테니 관심이 모이는 것이 당연한 것.

하지만 그 누구도 결코 예상 불가능한 유저 하나가 같은 시각 베리타스에 접속하고 있었으니…….

    -홍채 인식 완료.

    -데이터 동기화 97%…….

    -서버, 〈베리타스〉에 접속되었습니다.

    그는 바로 전 세계 카일란 유저들이 공인하는 카일란 최고
의 유저.

    -'이안' 님. 카일란의 세계에 오신 걸 환영합니다.

바로, 이안이었다.

* * *

수 백 번도 넘게 들은 익숙한 기계음과 함께.

슈우우웅-!

이안의 시야를 가리고 있던 어두컴컴한 안개가 걷히며, 신
선한 풍경이 눈앞을 가득 채웠다.

띠링-!

    -신이 없는 세계, 〈베리타스〉 서버에 접속하신 것을 환영합니다.

-'노비스 셸터(Novice Shelter) - 피난민 지하 대피소'에 입장하셨습니다.

　-신규 유저가 아니므로 '초심자의 가호'는 적용되지 않습니다.

　-신규 유저가 아니므로 '튜토리얼'이 진행되지 않습니다.

이어서 떠오른 몇 줄의 메시지를 확인한 이안은 기지개를 켜며 주변을 둘러보았다.

그리고 저도 모르게 헛바람을 집어삼킬 수밖에 없었다.

'이야, 여기가 뉴비들 스타팅 포인트인가 보네?'

이안의 시야에 들어온 것은, 서버가 열리자마자 계정을 생성한 수많은 유저들의 모습.

항상 최상위 컨텐츠 안에서도 가장 선두에서 게임을 플레이하던 이안에게 이러한 광경은 무척이나 생소할 수밖에 없었다.

'사람 진짜 많기도 하네. 그나저나 다들 같은 방향으로 이동하는 걸 보면…… 튜토리얼 존이 저쪽인가 보지?'

이안은 무척이나 흥미진진한 표정으로 주변을 두리번거렸다.

어찌 보면 이 모든 상황이 이안의 퀘스트 진행 때문에 생긴 것이었으니, 이안의 입장에서는 신기하면서도 재밌을 수밖에 없는 것이다.

'이거, 나도 뭔가 초심으로 돌아가는 기분인걸.'

하지만 그것도 잠시.

본인의 상태 창을 확인한 이안은 얼굴이 딱딱하게 굳을 수
밖에 없었다.

이안

Lv 1 (0 / 15) (0%)

종족 : 인간

직업 : 무직(비기너)

칭호 : 없음

명성 : 0 (명성이 0 이하로 떨어지면 악명으로 변환됩니다.)

힘 : 10 (+ 0)　　　　　　　**지능** : 10 (+ 0)

민첩 : 10 (+ 0)　　　　　　**체력** : 10 (+ 0)

생명력 : 100 (+ 0)

습관적으로 상태 창을 확인한 순간, 지금의 상황이 완벽히
피부에 와닿았으니 말이다.

"와, 이건 좀 너무한데…….'

사실 이안은 접속하기 전부터 어느 정도 초기화에 대해 예
상하고 있었다.

120시간의 접속 제한이 시작되기 전 현자의 탑에서 다음
과 같은 메시지를 확인했었으니 말이다.

－시나리오 입신지로(入神之路)가 진행되는 동안, 유저 '이안'의 영혼이 현자의 탑에 보존됩니다.

　－유저 '이안'의 플레이 데이터가 초기화됩니다.

　다른 부분이야 정확하게 이해할 수 없다고 해도, '플레이 데이터'가 초기화된다는 말이 의미하는 것은 너무 뻔했으니까.

　하지만 그렇게 예상하고 있었다고 해도, 화려하던 상태 창이 이렇게 심플하게 바뀐 것은 쉽사리 적응하기 힘든 게 당연하였다.

　심지어 어떠한 특전조차 단 한 톨도 보이지 않는, 신규 계정과 완벽히 같은 이런 스텟 창임에는 더더욱 말이다.

　이안은 과거 고작 90레벨에서 환생의 비약을 마셨을 때도, 70개가 넘는 스텟 포인트를 보너스로 받았었다.

　'이건 진짜 완전히 뉴비 스텟이잖아? 환생의 비약처럼 추가 스텟이라도 좀 줘야 하는 거 아냐?'

　게다가 또 충격적인 것은, 그 누구보다 화려하던 이안의 소환수 정보 창이었다.

　소환수 정보 창을 확인하려던 순간…….

　－보유한 소환수가 존재하지 않습니다.

　지상 최강의 소환술사(?) 이안으로서는 너무 충격적인 메시지를 확인해야 했으니까.

—소환수를 보유하기 위해서는 〈소환술사〉로 전직해야 합니다.

'와……'

상태 창을 열 때부터 튀어나오기 시작했던 이안의 입술이, 더욱 삐죽해졌다.

초기화된 마당에 소환수가 남아있는 것도 이상하지만, 그래도 오랜 시간 함께한 녀석들이 하나도 보이지 않으니 기분이 묘한 것이다.

'라이, 뿍뿍이, 엘…… 얘들은 그럼 다 어디 간 거지? 현자의 탑에 같이 봉인된 건가?'

혼란스러운 표정으로 소환수 창을 닫은 이안은, 다른 탭들도 차례대로 확인하기 시작하였다.

'장비나 재화도 당연히 없을 테고…….'

텅텅 비어 있는 것은 인벤토리와 스킬 정보 창도 마찬가지.

그나마 인벤토리에는 '권능의 화살(신물)'이라는 특별해 보이는 아이템이 하나 들어 있었다.

보유 장비 목록

초심자의 목검(일반)   초심자의 지팡이(일반)

초심자의 목궁(일반)   최하급 수행복(일반)

권능의 화살(신물)

'권능의 화살이라……. 이거 현자의 탑 퀘스트 최종 보상
이었던 것 같은데.'

이안은 반색하며 아이템의 정보 창을 열어 보았다.

권능의 화살

분류 : 신물(神物)

등급 : 없음

착용 제한 : 신물의 주인

공격력 : +3 (성장형)

내구도 : 제한 없음

옵션 : 모든 능력치 +2 / 궁술 +1

최고의 궁술을 가진 신격의 권능이 담긴 화살입니다.

권능의 주인이 신화(神話)를 쌓을 때마다 공격력과 옵션이 성장합니다.

*어떤 신화를 달성하느냐에 따라, 옵션의 성장 방향이 달라집니다.

*특별한 신화를 달성한다면, 신물인 '권능의 화살'에 강력하고 특별한 옵
션이 부여될 수 있습니다.

*명중 시 '신력'에 비례하여 추가 피해를 입힙니다.

*'활' 무기를 착용했을 때만 사용이 가능합니다.

아이템을 확인한 이안은 베리타스 서버에 접속한 이후 처음으로, 만족스런 표정이 될 수 있었다.

'그래도 양심이 아주 없진 않네.'

사실 '권능의 화살'의 옵션은 현 시점에서 그리 대단한 수준이 아니다.

초보자 사냥터에서 획득 가능한 10레벨 제한 이하의 희귀 등급 장비와 비교해도 크게 나은 성능이 아니니까.

하지만 그것은 어디까지나 '현 시점'기준일 뿐, 이건 등급 조차 존재하지 않는 성장형 아이템이었다.

등급이 정해지지 않았다는 것은 성장 가능성이 무한하다는 이야기.

게다가 이안이 하기에 따라 성장 방향성까지도 달라질 수 있었으니…….

'재밌네.'

이안에게는 무척이나 만족스러운 아이템일 수밖에 없었다.

그는 당장의 스펙보다 가능성을 훨씬 더 높게 쳐주는 유저였으니까.

'이러면 당연히 무기는 활을 들고 시작해야겠고…….'

상태 점검은 끝내며 대략적인 상황도 어느 정도 파악됐다.

그렇다면 이제부터 할 것은, 이 '노비스 셸터'라는 곳에 대해 알아보는 것일 터.

'퀘스트를 받든 뭘 하든, 일단 마을 NPC들을 좀 뒤져 봐야

겠지.'

어차피 커뮤니티에도 아무런 정보가 없는 신규 서버였으니, 몸으로 부딪쳐 가며 모든 것을 알아내야 할 것이었다.

저벅저벅.

초기화의 충격에서 겨우 충격에서 벗어난 이안은 마음을 다잡고 걸음을 옮기기 시작했다.

오랜만에 경험하는 초심자의 허접한 스텟 탓에 몸이 너무 무거웠지만, 상황을 받아들이니(?) 조금씩 적응이 되는 것 같았다.

"우와, 여기가 신섭이구나!"

"신섭은 스타팅 포인트가 왜 이렇게 어수선하지?"

"피난민 대피소라잖아. 콘셉트부터 다른 거지."

소란스러운 인파를 뚫고 시장 바닥 같은 '피난민 지하 대피소'를 벗어나 지상으로 나오자 나름 구색을 갖춘 마을이 모습을 드러내었다.

꿈과 희망이 가득한(?) 동화 같은 느낌이었던 기존 스타팅 마을과는 완전히 상반되는 분위기였지만, 그래도 뉴비들의 마을답게 아기자기한 초급 건축물들 위주로 구성된 노비스 셸터.

밖으로 나오자마자 이안의 눈에 가장 먼저 띈 것은 광장 중앙에 있는 낡고 커다란 석상이었다.

그것은 말을 타고 전장을 지휘하는 용맹한 기사의 모습을 한 석상이었다.

'루스펠 제국이었다면, 뮤란의 석상이 서 있었을 자리였겠네.'

그런데 이안이 그런 생각을 하며 석상을 지나치려던 바로 그때.

우우웅-!

갑자기 석상의 주변에 은은한 붉은 기운이 맴돌기 시작하였다.

"……!"

그것을 발견한 이안은 반사적으로 다시 석상을 올려다보았고.

"어……?"

이어서 흥미로운 것을 발견할 수 있었다.

　　-잊힌 신의 석상

방금까지만 해도 아무것도 보이지 않았던 석상의 머리 위에, '잊힌 신의 석상'이라는 이름이 붉은 글씨로 떠오른 것이다.

'잊힌 신이라…….'

게다가 여기서 끝이 아니었다.

띠링-!

이안의 눈앞에 느닷없이 퀘스트 창이 생성되었으니 말이
다.

첫 번째 신화의 탄생

신들에게 버림받은 세계 '베리타스 대륙'에서는, 그 누구도 약자를 보호
하지 않으며 구원해 주지 않는다.

하지만 이곳에서 유일하게 약자가 보호받을 수 있는 곳이 있었으니, 그
곳이 바로 노비스 셸터(Novice Shelter).

이곳 노비스 셸터에서만큼은 누구도 서로를 해할 수 없으며 남의 것을
빼앗을 수도 없다.

그래서 평생 노비스 셸터에서 살아온 청년 다르킨은 '신은 존재한다'고
믿는다.

모두가 신을 증오하고 신의 존재를 부정하는 이곳 〈베리타스〉지만 '노비
스 셸터'의 존재가 신이 존재하는 증거라고 생각한다.

……중략……

그런데 바로 어제 구호물자를 받으러 셸터 바깥으로 나갔던 다르킨은
몬스터 '데몬 고블린'들의 습격을 받아 정신을 잃고 납치되었다.

그리고 다르킨이 납치되었다는 사실은 셸터의 그 누구도 아직까지 알지
못한다.

……중략……

만약 다르킨을 성공적으로 구해 낸다면, 그는 당신의 신화를 셸터의 사
람들에게 퍼뜨릴 것이다.

'첫 번째 신화'를 달성하기 위해, 고블린들로부터 다르킨을 구해 내도록 하자.

고블린들의 거점은, '붉은 바위 봉우리'에 있을 것이다.

퀘스트 난이도 A+

*퀘스트 조건 : 퀘스트 수령 이후 10시간 이내에 '청년 다르킨' 구출.

보상 : 신력 +1 / 기여도에 비례하여, 골드와 경험치 획득

퀘스트를 진행하는 동한 '데몬 고블린'을 처치하면 두 배의 경험치를 획득할 수 있습니다.

퀘스트를 수락하시겠습니까?

　　그리고 그 퀘스트를 확인한 이안은 잠시 후 어이없는 표정이 될 수밖에 없었다.

　　'이런 미친……!'

　　초심자(?)에게 부여된 첫 번째 퀘스트의 난이도가 아무리 봐도 말도 안 되는 것 같아 보였기 때문이었다.

첫 번째 퀘스트

바로 지난주까지, 그러니까 중간계에서도 최상위 차원계인 '성운'에서 퀘스트를 하던 당시.

이안이 진행하던 퀘스트의 난이도는 거의 쿼드라 S급 이상의 최상급 퀘스트였다. 어지간한 랭커들도 한 번 구경하기 힘든 난이도를 매일같이 해 왔던 것이다.

그래서 언뜻 생각하면 A라는 퀘스트 난이도 랭크는 별것 아닌 것으로 보일지도 모른다. 이안이 카일란의 퀘스트 시스템을 제대로 이해하지 못한 유저였다면 말이다.

'1레벨 뉴비한테 A급 퀘스트를 띄운다고? 이거 버그 아니야?'

아직까지 완벽하게 밝혀진 것은 아니지만, 이안이 분석한

바로 퀘스트 난이도 랭크는 두 가지 지표에 영향을 받는다.

첫째는 퀘스트의 '상대 난이도'.

상대 난이도라는 것은 말 그대로 퀘스트를 진행할 유저의 역량을 기준으로 놓고 평가한 퀘스트의 난이도를 의미하는 것이다.

같은 퀘스트라도 50레벨 유저에게는 쉬운 퀘스트가 10레벨 유저에게는 클리어 불가능한 난이도일 수 있을 테니까.

하지만 아무리 클리어가 불가능에 가까운 난이도라고 해도 저레벨 유저가 A급 이상의 퀘스트를 받는 일은 보통 없는데, 그것은 퀘스트의 '절대 난이도' 때문이었다.

10레벨 유저의 입장에서 클리어 불가능한 난이도의 퀘스트라고 한들 그 퀘스트가 가진 절대적인 난이도가 D 정도에 랭크되어 있다면, 상대 난이도 보정을 받더라도 B 등급을 넘을 수 없었으니까.

그래서 이런 매커니즘을 기반으로 생각했을 때, 10레벨 이하의 유저에게 A급 난이도 퀘스트는 깰 수 없는 퀘스트나 다름없다.

상대 난이도 보정을 아무리 높게 받더라도, 절대 난이도가 최소 C 등급은 되어야 난이도 랭크가 A로 책정될 수 있으니까.

그리고 보통 절대난이도가 C등급 이상인 퀘스트들은…….

'최소 30. 평범한 유저라면 40레벨대 이상에서 할 만한 퀘

스트들이지.'

이안이 버그 운운하는 것은, 바로 이런 이유 때문이었다.

"아니, 제기랄. 이럴 거면 보너스 스텟이라도 좀 주든가!"

만약 제한 시간이 없는 퀘스트였다면 괜찮다.

하루나 이틀쯤 투자해서 최대한 레벨을 올린다면 30레벨 이상까지는 충분히 만들 자신이 있는 이안이었으니 말이다.

하지만 10시간이라는 시간 제한이 분명히 존재하는 퀘스트였다.

그래서 이안의 머릿속은 복잡해질 수밖에 없었다.

'다른 뉴비들한테 이런 퀘스트를 줄 리는 없고……. 내 시나리오 때문에 발생한 퀘스트인 것 같은데…….'

물론 그렇다고 한들, 퀘스트를 포기한다는 선택지는 없다.

새로운 콘텐츠를 시작하는 마당에 첫 번째 퀘스트부터 포기한다면 이안이 아니다.

'좀 더 바쁘게 움직여야겠어.'

일단 레벨을 조금이라도 올려야 한다.

1레벨로 할 수 있는 것은 아무것도 없으니까.

이안이 고민에 빠진 사이, 붉게 빛나던 동상은 다시 잿빛으로 변하였고.

슈우웅-!

생각을 정리한 그의 걸음이 바삐 움직이기 시작하다.

이어서 3분 정도 시간이 지났을까?

이안은 마을 외곽에 있는 허름한 건물에 도착하였다.

이어서 그가 문을 열고 들어간 이곳은…….

"무슨 일이지? 여긴 아무나 함부로 들어올 수 있는 곳이 아니다."

노비스 쉘터의 자경단 건물이었다.

이안이 자경단 건물로 온 데에는 세 가지 이유가 있었다.

하나는 대부분의 유저들이 자경단에 올 때 공통적으로 가지는 목적.

'기왕 사냥할 거, 자경단에서 서브 퀘스트라도 받아 가면 효율이 훨씬 좋지.'

마을의 자경단에서는 보통 해당 마을 주변에 서식하는 몬스터들을 퇴치하라는 퀘스트를 받을 수 있다.

어차피 마을 인근에서 사냥할 계획이라면 이런 퀘스트도 함께 진행하는 게 이득인 것이다.

저레벨 때는 자경단에서 받을 수 있는 자잘한 퀘스트의 경험치 보상도 무척이나 쏠쏠한 게 당연했다.

"자경단에 도움이 되고자 왔습니다."

"도움이라……. 그만한 실력은 있고?"

"그야 임무를 맡겨 보시면 알게 되시지 않겠습니까?"

"대단한 자신감이군."

그리고 두 번째.

이것은 첫 번째 이유의 연장선이기도 했는데, 바로 마을 인근의 몬스터 현황을 체크해 보기 위해서였다.

이 시점에서 이곳 베리타스에 대한 정보는 아무도 가지고 있는 사람이 없다.

그렇다면 마을 주변에 어떤 몬스터들이 서식하는지 알아보기 위해서 가장 좋은 곳이 바로 자경단이었던 것이다.

NPC들에게 직접적으로 물어볼 필요도 없었다.

"임무 목록을 열람해 봐도 되겠습니까?"

"얼마든지."

"감사합니다."

"하지만 허세를 떠는 것이라면 지금 당장 여길 나가는 게 좋을 거야. 괜한 만용을 부리다가는, 이곳 '노비스 쉘터'에서 쫓겨날 수도 있다는 걸 명심해."

"물론입니다."

자경단 퀘스트 목록만 쭉 훑어봐도 근방의 몬스터 구성 정도는 금세 파악이 가능했으니까.

띠링-!

—자경단 퀘스트 목록을 열람합니다.

　냉정하게 이안이 당장 해 볼 만한 퀘스트는, 권장 레벨이 10레벨 아래로 표기돼 있는 퀘스트들이다.

　무리해서 그 이상 권장 레벨의 퀘스트들을 해 봐야 시간 대비 효율이 제대로 나오지 않을 테니까.

　하지만 이안은 계속해서 스크롤을 내리며 퀘스트들을 꼼꼼히 확인해 나갔다.

　그리고 여기에 세 번째 이유가 있었다.

'찾았다!'

'데몬 고블린'이라는 이름을 찾은 이안은 속으로 쾌재를 불렀다. 이 퀘스트 창 하나만으로도 녀석들의 대략적인 레벨대와 전투력까지 짐작해 낼 수 있었으니까.

발견한 퀘스트가 심플한 것이었기에, 데이터 분석도 더 수월했다.

'데몬 고블린'은 〈첫 번째 신화의 탄생〉 퀘스트에서 상대해야 할 메인 몬스터였다.

'10마리 처치 퀘 권장 레벨이 이 정도면……. 이 녀석들 레벨대는 35레벨 이하겠군.'

게다가 한 가지 더.

'이 퀘스트의 난이도가 B+로 뜨는 걸 보면, A등급인 〈첫 번째 신화의 탄생〉 퀘스트는 권장 레벨이 있다면 50 가까이 되겠어.'

그 어떤 카일란 유저보다도 많은 퀘스트 경험이 있는 이안은 상대적인 데이터 분석을 통해 퀘스트에 대해 좀 더 자세한 정보까지도 유추해 낼 수 있었다.

'그리고 그 정도 권장 레벨이 뜬다는 건……. 데몬 고블린보다 상위 클래스 몬스터도 상대해야 한다는 얘기겠지. 네임드급으로 말이야.'

분석을 마친 이안은, 퀘스트를 관리하는 자경단원 NPC를 향해 다시 입을 열었다.

"임무, 한 번에 몇 개까지 수령 가능할까요?"

그리고 그 질문에 자경단원이 퉁명스런 표정으로 대답했다.

"이미 진행 중인 임무가 있나?"

"없습니다."

이안의 행색 자체가 완전히 초보자 복장인 데다 친밀도 또한 전혀 형성되어 있지 않았으니 이러한 태도는 당연한 것이었다.

"그렇다면 최대 다섯 개 임무까지 동시에 진행할 수 있다."

"감사합니다."

"마지막으로 한 번만 더 조언하지. 쓸데없는 만용은 부리지 말도록."

이안은 대답 대신 웃으며 미리 생각했던 퀘스트들을 주르륵 수령하였다.

　

－〈오염된 슬라임 처치〉퀘스트를 수령하였습니다.

-〈굶주린 흡혈박쥐 소탕〉퀘스트를 수령하였습니다.

……중략……

-〈무너진 신전 탐사〉퀘스트를 수령하였습니다.

자경단원 NPC와의 친밀도를 올리기 위해서는 쓸데없이 입발림하는 것보다 성과로 보여 주는 게 빠를 터였다.

———

카일란 독일 서버의 유저 아토즈는, 근 일 년 사이 떠오른 강력한 유망주였다.

'공허의 마법사'라는 히든 클래스를 얻은 뒤 고작 1년 만에 카일란 유저들이 지상계 졸업이라고 부르는 레벨인 450레벨을 달성했으며, 중간계에 진입한 이후부터 단 3개월 만에 초월 레벨 50을 돌파한 인물이었으니까.

물론 최상위권 길드에서 전폭적인 지원을 받는다면, 그렇게 대단한 성적이 아닐지도 몰랐다.

그만큼 대형 길드의 지원은 어마어마한 위력을 갖는 것이니까.

하지만 아토즈는 달랐다.

이미 300레벨대일 때부터 여러 길드에서 콜이 왔지만 그 어떤 길드에도 들어가지 않았다.

그저 오로지 솔로 플레이만으로 이 모든 성과를 이뤄 낸 것이었으니 말이다.

그래서 아토즈는 유럽뿐만 아니라 전 세계 수많은 카일란 팬들이 주목하고 있던 유망주였다.

전문 BJ도 아니었건만, 가끔 개인 방송을 켜면 수만 명의 사람들이 모여들 정도였다.

　

　　－아토즈님 영상 좀 자주 켜 주세요. 님 전투 영상 보면서 요즘 공부 중이라고요. :"(

　　－오늘은 던전 공략 없나요? 그냥 사냥만 하시려나?

　

하지만 아토즈는 개인 방송을 열 때도 그저 묵묵히 던전을 돌고 사냥만 할 뿐. 단 한마디도 하지 않는 것으로 유명했다.

이럴 거면 방송을 왜 하냐는 사람도 가끔 있었지만, 대부분의 팬들은 그의 플레이 영상을 보는 것만으로도 만족했다.

아토즈는 그 어떤 마법사 랭커들과 비교해도, 결코 꿀리지 않을 만큼 현란한 전투 스킬을 구사했으니까.

그런데 이런 아토즈가, 지난 개인 방송에서 처음으로 입을 열었다.

그것도 아주 폭탄 같은 내용으로 말이다.

"안녕하세요, 여러분."

-오! 아토즈가 말했다!

-대박, 아토즈 목소리 처음 들어!

-와, 말 못하는 줄 알았잖아.

"저, 오늘부로 계정 삭제합니다."

-네?

-뭐라고요?

-미친 그게 무슨 말이에요?

"베리타스 서버에서 다시 시작할 생각이거든요."

-대박!

-아니 초월 50레벨 계정을 버린다고요?

"신규 서버 랭킹 1위 달립니다. 서버 오픈하면 한동안 방송 못 엽니다."

아토즈는 고작 너댓 마디를 한 뒤 방송을 껐지만, 이것의 파장은 어마어마했다.

아토즈급 네임드가 계정을 삭제하고 신규 서버로 가겠다는 선언을 한 것은, 말 그대로 파격 그 자체였으니 말이다.

-아니, 방송 제발 열어 주면 안 돼요?

-아토즈 신섭 가면 패왕 찍을 것 같은데…….

-제발 방송 열고 겜 해 줘요. 제발 :'(

-랭킹1위 달리신다잖아요. 방송 열면 정보 다 빨릴 텐데 님 같으면 열겠음?

그리고 그가 의도했는지는 모르겠지만, 그의 이 선택은 정말 신의 한 수가 되었다.

이 파격적인 행보는 수많은 카일란 유저들에게 퍼져 나갈 수밖에 없었으며, 그것은 곧 '아토즈'라는 유저의 인지도가 수직으로 상승했음을 의미하는 것이니까.

방송을 켜지도 않는 아토즈의 개인 채널 구독자는 순식간에 다섯 배로 뻥튀기되었으며.

스트리밍 사이트에 돌아다니는 그의 전투 영상은 어마어마한 조회 수를 기록하기 시작하였다.

그리고 그와 관련된 이슈들이 한창 인터넷을 뜨겁게 달구기 시작했을 때.

띠링-!

-레벨이 올랐습니다.

-2레벨이 되었습니다.

"후우, 이제 시작인가?"

이슈의 주인공인 아토즈는 누구보다 빠르게 베리타스 서버에 접속하여 레벨을 올리는 중이었다.

핑- 피피핑-!

활시위가 한 번씩 튕겨질 때마다, 새하얀 빛을 내뿜는 화살이 쏜살같이 날아가 몬스터의 약점에 틀어박혔다.

키이익!

날렵한 움직임에 이은 정확한 사격.

퍼퍼퍽-!

이곳은 초보자 마을인 노비스 쉘터의 바로 앞 사냥터였지만, 이 사냥 광경을 보면 누구도 초보자라 생각할 수 없을 것이었다.

진짜 방금 계정을 생성한 초보자에게는, 연사는커녕 몬스터에게 화살 한 발 맞추는 것조차 쉽지 않은 일이었으니까.

"후우, 숨차네. 스텟 진짜……."

아직 유저들이 거의 보이지 않는 몬스터로 가득한 벌판.

결코 초보자는 보여 줄 수 없는 깔끔한 궁술을 구사하는 유저는 다름 아닌 이안.

자경단에서 퀘스트를 받은 이안은 지금 마을 바로 앞에서 열심히 레벨을 올리는 중이었다.

띠링-!

-레벨이 올랐습니다.

　-7레벨이 되었습니다.

　수십만이 넘는 사람들이 〈베리타스〉서버에 접속했다.

　그중 인간 종족을 선택한 유저의 절반이 이 노비스 쉘터에서 시작했건만.

　사냥터에 사람이 거의 없는 이유는 간단했다.

　서버가 열리고 지난 시간은 이제 겨우 15분이었으니까.

　'튜토리얼이 보통 30분 정도는 걸리니까…… 유저들 몰려나오기 전에 최대한 사냥해 둬야 해.'

　이안은 땀을 삐질삐질 흘리면서도, 단 1초도 쉬지 않고 계속해서 활을 쏴 댔다.

　지금 이안이 사냥 중인 '굶주린 흡혈박쥐'는 몸집이 작고 빠른 몬스터였지만, 이안의 화살은 한 발도 빠짐없이 적중하고 있었다.

　피이잉-!

　-약점에 명중했습니다!

　-위력이 대폭 증가합니다.

　-'굶주린 흡혈박쥐'에게 17의 피해를 입혔습니다!

　-'굶주린 흡혈박쥐'를 성공적으로 처치했습니다!

그리고 이렇게 필사적인 사냥 결과.

띠링-!

　-붉은 바위 동굴의 모든 흡혈박쥐를 소탕하였습니다!
　-경험치를 추가로 획득합니다.

레벨은 한 계단 또 상승할 수 있었다.

　-레벨이 올랐습니다.
　-8레벨이 되었습니다.

'휴우, 슬슬 요구 경험치가 많아지는 게 느껴지는군.'

흡혈박쥐 소탕 퀘스트는 권장 레벨이 7~13레벨이다.

평균적으로는 10레벨이 넘어서 할 만한 퀘스트라는 것이다.

그렇기에 7레벨에서 클리어 시 두 계단 정도는 레벨 업을 할 줄 알았던 이안은, 조금 아쉬운 표정일 수밖에 없었다.

'유저들 쏟아져 나오기 전까지 전직 레벨까지는 찍고 싶은데…….'

퀘스트 창을 오픈해 본 이안은 머리를 빠르게 굴리기 시작했다.

이제 자경단에서 받은 퀘스트 중 남은 퀘스트는 두 개.

'슬슬 무너진 신전이라는 곳으로 가 볼까?'

이안은 조금 긴장한 표정이 되었다.

무너진 신전은 입장 권장 레벨이 무려 20레벨인 던전이었
다.

～✦～

카일란을 완전히 처음 접하는 무자본 초보 유저의 기준으
로, 초반에 가장 고생하게 되는 두 개의 직업을 꼽는다면 바
로 궁수와 마법사다.

하지만 그중에서도 가장 하드코어한 직업을 꼽자면 바로
마법사인데, 거기에는 아주 명확한 이유가 있었다.

당연한 얘기겠지만 마법사는 전직 전까지 제대로 된 마법
을 쓸 수 없었으니까.

　－님들, 저 방금 마법사 전직했는데……. 스텟이 이상해요.
　－응? 그게 무슨 말임?
　－마법사 됐는데도 스텟이 전부 힘에 몰려 있어요.
　－아하.
　－지능이 12밖에 안 돼서, 파이어볼 써도 노딜이네요 ㅠㅠ

전직을 하지 못한 10레벨 이하의 구간에서 가장 사냥이 편
한 무기는 당연히 대검이다.

컨트롤 난이도도 쉬운 데다 특별한 스킬 없이도 최소한의 전투력과 강력한 파괴력을 보장해 주는 장비였으니까.

그런데 여기에 치명적인 함정이 있었으니, 카일란에서 캐릭터의 스탯은 유저의 플레이 스타일에 따라 자동으로 분배된다는 점이었다.

쉽게 말해 유저가 마법사로 전직할 예정이라고 한들, 초반 레벨 업이 쉬운 대검으로 사냥한다면 스탯이 힘에 몰리게 된다는 말이다.

    -ㅋㅋㅋ 전직 전까지 대검으로 사냥하셨나 보네.
    -헐, 그러면 안 돼요?
    -당연하죠. 지팡이 들고 싸우면서 렙 업을 해야 지능 쪽으로 스
    텟 찍힐 확률이 높음.
    -하…… 다시 키워야 하나?

그래서 제대로 마법사를 키우려면 1레벨부터 지팡이를 들고 사냥을 시작해야 하는데, 이것이 바로 마법사 꿈나무들이 가장 많이 좌절하는 이유다.

전직 이전에 사용 가능한 유일한 공격 마법이 바로 '매직 애로우'인데, 이 마법의 위력은 그야말로 처참한 수준이었으니까.

─초기화하시고, 친구한테 버스라도 태워 달라고 하세요. 지팡이 들고 10레벨 찍는 거 지옥임, 진짜.

─ㅋㅋㅋ 매직 애로우……. 진짜 지금 생각해도 소름 돋네.

─매직 애로우로 사냥하느니 맨손 사냥이 더 빠를지도 모름ㅋㅋ

─ㄹㅇ 딜은 궁수들 쏘는 화살이랑 비슷한데, 투사체 속도가 쓰레기라 맞추기도 힘들고…….

─쿨 타임은 또 5초나 됨ㅋㅋ 게다가 한번 날리면 마나 통 한 20퍼센트 날아갈걸요.

─하아…….

─카일란 초창기에 저 매직 애로우로 10레벨 찍는다고 노가다만 거의 2주일은 했던 것 같음.

─ㄱㅠㅠ

물론 도와줄 사람이 있다면 얘기가 다르다.

지인 버스만 탈 수 있다면, 매직 애로우만 쏘면서도 10레벨 정도는 한 시간이면 충분하니까.

하지만 지금 이 시점 베리타스 유저들은 모두가 평등한 스타터인 상황.

그래서 아토즈는 지옥을 맛보고 있었다.

사냥터가 여유 있는 지금도 이렇게 힘든데, 튜토리얼을 마친 유저들이 본격적으로 쏟아져 나오면 답이 없을 게 분명했다.

'제기랄, 진짜 욕 나오네.'

서버가 열리자마자 사냥터로 달려 나온 아토즈의 레벨은
이제 겨우 3레벨.
　펑-!

　-'매직 애로우' 마법을 발동했습니다!
　-'오염된 슬라임'에게 7의 피해를 입혔습니다.
　-30% 확률로 '오염된 슬라임'의 고유 능력, '오물 흡수'가 발동
됩니다.
　-'오염된 슬라임'의 생명력이 5만큼 회복됩니다.

　"쓰으바아아!"
　초보자 사냥터의 슬라임에게 능욕(?)당하는 것은 마법사
로 산전수전 다 겪었던 그로서도 처음 겪는 일이었다.
　독일 서버에서 처음 마법사를 키울 당시 친구가 버스를 태
워 줘서 30분 만에 10레벨까지 키웠었으니까.
　그때의 그 버스가 얼마나 소중한 것이었는지 새삼 느끼게
된 아토즈였다.
　'그렇다고 지능 스텟 포기하고 검 들고 달릴 수도 없
고……'
　사투 끝에 한 마리 슬라임을 겨우 잡아 낸 아토즈는, 한숨
을 푹 쉬며 마나를 회복하였다.

―'오염된 슬라임의 체액'을 마셨습니다.

―마나가 15만큼 회복됩니다.

―생명력이 12만큼 감소합니다.

―'오염된 슬라임의 체액'을……

변변찮은 포션도 없는 탓에 슬라임의 부산물로 겨우겨우 마나를 수급해야 했다.

―생명력이 5% 미만으로 떨어졌습니다.

―추가로 위험한 음식을 섭취할 시 사망에 이를 수도 있습니다.

보기만 해도 서러운 시스템 메시지를 확인하며 한숨을 푹 내쉬는 3레벨의 마법사 꿈나무 아토즈!

'쓰읍, 진짜 전직만 해 봐라. 제대로 된 마법, 아니 파이어 볼만 배워도……!'

잠깐의 명상으로 생명력과 마나를 10정도 채운 아토즈는 다시 사냥을 위해 지팡이를 들고 일어섰다.

이제 슬라임 한 마리만 더 잡으면 '오염된 슬라임 처치' 퀘스트를 클리어할 수 있다는 사실이 그에게 유일한 위로가 되어 주고 있었다.

'저기, 저놈으로 해야겠어.'

목표물을 정한 아토즈가 온 정신을 집중하여 매직 애로우를 캐스팅하기 시작했다.

맞추기도 힘든 마법이다 보니 첫 타격에 최대한 약점을 정확히 맞춰야 전투를 조금이라도 수월하게 할 수 있을 터였다.

우우웅-!

'슬라임퀘 깨면 거의 5레벨 가까이 찍힐 거고……. 그러면 조금이라도 더 할 만해지겠지.'

캐스팅이 끝나자, 아토즈의 손끝에서 뻗어나간 새하얀 빛이 슬라임을 향해 쇄도하기 시작했다.

그런데 다음 순간.

아토즈는 당황한 나머지, 육성을 내뱉을 수밖에 없었다.

"응……?"

아토즈의 매직 애로우가 날아가는 사이.

퍽- 퍼퍽-!

어디선가 날아온 화살 두 발이 슬라임을 순식간에 처치해 버렸으니 말이다.

-이미 처치된 대상입니다.

당황스런 메시지와 함께, 매직 애로우를 캐스팅하는 데에 들어간 마나만 허망하게 날려 버린 아토즈.

"제기랄, 어떤 새끼가 스틸을……!"

하지만 아토즈의 분노는 더 이어질 수 없었다.

생각해 보니 화살을 날린 주인이 유저일 수 없다는(?) 사실을 깨달은 것이다.

'혹시 자경단 NPC?'

지금 시점에 유저가 화살 두 방으로 슬라임을 처치한다고?

그거야말로 말도 안 되는 일이다.

자신처럼 원래 서버의 계정을 초기화한 실력자 유저라 할지라도 화살 두 방에 슬라임을 잡으려면 최소 10레벨은 돼야할 터.

'게다가 깔끔한 연사였어.'

그리고 여기까지 깨달은 아토즈의 두 눈이 반짝이기 시작하였다.

어쩌면 이 지옥 같은 10레벨 이전 구간을 탈출할 수 있는 꿀 같은 방법을 찾은 것 같았다.

<hr/>

붉은 바위 동굴에서 나온 이안은 이동 중에도 사냥을 멈추지 않았다.

무너진 신전으로 가는 길은 다시 마을 앞 필드를 지나야 했고, 그곳에는 아직까지 수많은 슬라임들이 쌓여 있었으니 말이다.

이제 화살 한두 방에 컷 가능한 슬라임들을 그냥 두고 움직일 이유는 없었다.

이안의 레벨이 아직까지 슬라임들과 10레벨 이상 차이가 나는 게 아니었기 때문에 경험치 손실이 없는 효율적인 사냥이 가능했으니까.

피핑- 피피핑-!

게다가 수량 무한대의 소모품인 〈권능의 화살〉을 가지고 있었기에 화살 수급도 걱정 없는 이안!

그래서 이안이 지나가는 길에는 슬라임 사체들이 수북이 쌓여 갔고…….

'잘하면 신전 도착하기 전에 경험치 30퍼센트 정돈 올리겠는데?'

그의 입에서는 어느새 콧노래가 흘러나오고 있었다.

원래 상위 레벨 던전에서 치열하게 사냥하다가 하위 필드로 내려오면 잡몹들을 학살하는 재미가 쏠쏠한 법이었다.

'슬라임 체액은 잘 모아 뒀다가 포션으로 만들어야지. 초반에 유용할 테니까.'

그런데 이렇게 신이 나서 화살을 날려 대던 이안은 잠시 후 움찔할 수밖에 없었다.

핑-!

-'오염된 슬라임'을 성공적으로 처치했습니다!

너무 흥에 겨워 화살을 날리다 보니, 저도 모르게 비매너
(?) 플레이를 하게 된 것이다.

"아, 아앗⋯⋯!"

이안의 화살을 맞고 회색빛이 된 슬라임의 위로 힘없이 떨
어져 내리는 하얀 매직 애로우.

이안은 슬픈 눈을 한 초보 마법사를 보며 양심의 가책을
느끼지 않을 수 없었다.

'고, 고의는 아니지만⋯⋯.'

전직 이전의 마법사가 얼마나 고통스러운 시간을 보내는
지 이안 또한 아주 잘 알고 있었는데.

어쩌다 보니 그가 사투를 벌이던 피 같은 슬라임을 스틸해
버린 셈이 되었으니 말이다.

'가서 사과라도 해야겠지?'

물론 미안하다 해서 큰 도움을 줄 생각은 아니었다.

이안은 지금 갈 길이 바빴으니까.

다만 인벤토리에 쌓여 있는 슬라임 체액이라도 조금 나눠
준다면, 초보 마법사에게는 큰 도움이 될 터.

그래서 마법사 유저가 다가왔을 때 이안은 인벤토리를 뒤
적이기 시작했다.

'어디 보자, 슬라임 체액이 벌써 300개가 쌓였네. 한 30개

쯤은 줘도 티도 안 나겠어.'

그에게 다가온 초보 마법사가 첫마디를 꺼내기 전까지만
해도 말이다.

"저기, 레인저님. 혹시 의뢰 하나만 드려도 될까요?"

"음……?"

"제가 '폐허가 된 신단'에서 찾아야 할 물건이 하나 있는
데, 보다시피 저 혼자는 쉽지 않거든요."

다가온 초보 마법사의 이야기에 이안은 순간 움찔하였다.

상황 자체가 너무 의외이기에 당황한 것이 컸지만 그 이유
때문만은 아니었다.

'뭐야, 설마 날 NPC로 착각하는 거야?'

카일란에 누구보다 빠삭한 이안은, 지금 이 마법사가 무슨
의도를 가진 건지 뻔히 보였으니 말이다.

'NPC에게 의뢰해서 버스를 타 보려는 속셈인 것 같은
데…….'

카일란의 NPC들은 행동 패턴이 정해져 있지 않다.

그 말인즉 유저 하기에 따라 어떤 방향으로든 얼마든지 활
용할 수 있다는 이야기.

그리고 지금 이 마법사 유저처럼 NPC들에게 '의뢰'를 통
해 버스를 받는 유저들도 종종 있었다.

버스를 받으면 스킬 숙련도 등에서 손해를 볼 수 있기 때
문에 그리 좋은 방법은 아니었지만, 전직 이전의 레벨에서는

꽤 효율적이고 합리적인 방법이라고 할 수 있었다.

특히 10레벨 이전이 지옥으로 알려진 마법사 꿈나무라면 말이다.

'그런데 왜 날 NPC라고 생각하는 거지? 유저 네임이랑 레벨이 비공개라서 그런 건가?'

물론 그런 것과 별개로 이안은 남자의 부탁을 거절하려 했다.

일단 이안이 NPC도 아닐뿐더러 마법사 버스나 태워 줄 정도로 한가한 사람도 아니었으니까.

하지만 대답을 하려던 그때.

이안은 다시 말을 멈출 수밖에 없었다.

띠링-!

그의 눈앞에 생각지도 못했던 메시지가 떠올랐으니 말이다.

　

　　-유저 '아토즈'가 의뢰를 요청합니다.

　　-조건이 충족되었습니다.

　　-'의뢰'를 받을 수 있습니다.

　　-'퀘스트'를 생성할 수 있습니다.

　

'뭐라고……?'

메시지에 너무 놀란 나머지 이안은 쥐고 있던 슬라임 체액을 떨어뜨릴 뻔했다.

하지만 이런 예상치 못한 상황일수록 더욱 침착하게 대응하는 것이 바로 이안의 장점.

'의뢰를 받을 수 있다고? 게다가 퀘스트 생성? 내가 신격을 얻어서 이런 게 가능해진 건가?'

이안의 머리는 그 어느 때보다도 빠릿빠릿하게 돌아가기 시작하였다.

'일단 한번 진행이나 해 보자.'

이안은 유저에게 의뢰를 받는 것은 당연히 처음이었지만, 사실 퀘스트 생성까지 처음 해 보는 것은 아니었다.

과거 중간계에서 셀라무스 부족의 퀘스트를 할 때에도, 한정적으로 퀘스트 생성 권한을 받아 본 적이 있었으니 말이다.

물론 그때는 '셀라무스의 절대자'로서 셀라무스와 관련된 한정적인 퀘스트 몇 가지 정도였을 뿐이지만…….

"내가 뭘 해 주면 되지?"

"저와 함께 폐허가 된 신단에 가서, '사나운 들개'들을 처치해 주시면 감사하겠습니다."

"흠, 어렵지는 않은 일인데……."

셀라무스 부족에서의 경험 덕분에 '퀘스트 생성' 시스템과 관련된 인터페이스가 완전히 생소하지 않았고, 그래서 자연스레 NPC 코스프레(?)도 할 수 있었다.

"좋아. 들개들을 얼마나 처치해 주면 되는 거야?"

하지만 이안의 이러한 사정을 모르는 초보 마법사는, 행복
에 겨운 표정이 만면에 활짝 피어 있었다.

이안이 유저일지도 모른다는 생각은 전혀 하지 않는 듯했
다.

그도 그럴 것이 다년간 다져진 이안의 NPC 연기는 정말
일품이었으니까.

"오십……. 아니, 백 마리면 충분할 것 같습니다!"

"흠, 백 마리라……?"

띠링-!

마법사 유저.

'아토즈'의 말이 끝남과 동시에, 새로운 시스템 메시지가
이안의 눈 앞에 주르륵 떠올랐다.

　-'사나운 들개 처치' 의뢰를 받았습니다.

　-클리어 조건 : 사나운 들개 100마리 처치.

　-보상을 설정하세요.

그리고 메시지에 이어서 떠오른 시스템 창을 본 이안은,
더욱 흥미로운 표정이 되었다.

'내가 의뢰 보상을 설정하면 저 마법사 유저가 의뢰를 진
행할지 말지 다시 결정하는 구조인가 본데…….'

이안은 잠시 고민했다.

어차피 사나운 들개들을 처치하는 것은 그리 비효율적인 일도 아니다.

이안이 향하고 있던 '무너진 신전'의 위치가 바로 폐허가 된 신단 안쪽에 있는 던전이었고, 그곳에 접근하려면 어차피 사나운 들개들을 꽤 많이 처치해야 할 테니 말이다.

따라서 이안의 고민은 이 의뢰를 받을지 말지에 대한 고민이 아니었다. 의뢰를 받긴 하되, 저 마법사 꿈나무에게 뭘 뜯어 내는 것이 좋을지 고민 중이었던 것이다.

"의뢰의 대가로는 뭘 줄 수 있는데?"

이안의 물음에, 아토즈가 기다렸다는 듯 대답했다.

"5만 골드 정도면 어떻겠습니까?"

"흠."

"대신 일주일 후에 5만 골드를 드리겠습니다."

사나운 들개는 10레벨 초반 정도의 몬스터다.

때문에 이 정도 몬스터 백 마리를 잡는 대가로 5만 골드라면 사실 엄청나게 후한 보상.

'이 친구, 어지간히 급했나 보네.'

일주일 후에 주겠다는 이야기는, 경매장이 열릴 때까지 시간이 필요하기 때문일 터였다.

전직 이후의 마법사는 고속 사냥이 가능하지만, 그렇다 해도 5만 골드를 저레벨 구간에서 모으는 건 쉽지 않은 일.

카일란은 처음 서버가 열리고 일주일 정도 경매장을 오픈하지 않으니 그때까지 시간을 버는 것이다.

　서버 초기에 경매장을 바로 오픈하지 않는 이유는 유저들 사이에 골드가 충분히 풀릴 때까지 시세의 혼란을 방지하기 위한 조치였다.

　'하지만 내 피 같은 시간을 고작 5만 골드에 팔아넘길 수는 없지.'

　재밌는 생각이 난 이안은 히죽 웃으며 입을 열었다.

　"흠. 골드는 이 정도면 충분하지만……."

　"그, 그럼 뭐가 더 필요하십니까?"

　"기다려 봐."

　이어서 퀘스트 생성 창을 오픈하였다.

　띠링-!

　　－퀘스트를 생성합니다.

퀘스트 네임 : 붉은 바위 봉우리 토벌

퀘스트 타입 : 토벌 퀘스트

퀘스트 조건 : 다섯 시간 동안 토벌대 동행

보상 : 없음

퀘스트 실패 패널티 : 명성 -10

그리고 이안이 만들어 낸 그 퀘스트 창을, 아토즈는 어이 없는 표정으로 지켜보고 있었다.

"너도 내 의뢰를 하나 받아 줘."

"……."

"이 의뢰를 네가 수령한다면 '사나운 들개' 의뢰를 들어주 도록 하지."

"이게……."

"토벌은 오후 세 시에 시작할 거야."

"후우……."

"어때, 해 볼 거야?"

뻔뻔한 이안의 말에, 아토즈는 울상이 되었다.

보상이 없는 퀘스트를 주는 양심 없는 NPC라니!

"아니, 저는 5만 골드나 보상을 드리지 않습니까?"

"그래서?"

"토벌 보상을 그래도 뭔가 조금은 주셔야……."

"싫으면 말든가."

"크윽……!"

하지만 아토즈가 어떤 표정이든 이안은 여유가 넘쳤다.

'혼자 10레벨 찍으려면 최소 이삼 일은 굴러야 할 텐데, 지 가 안 하고 배기겠어?'

이안은 지금 그의 상황을 너무 빠삭하게 알고 있었고, 때 문에 그가 이 제안을 수락할 수밖에 없다는 사실을 알고 있었으니 말이다.

"하…… 하겠습니다."

그리고 아토즈의 그 대답을 끝으로.

띠링-!

　-'사나운 들개 처치'의뢰를 수락하였습니다.

　-유저 '아토즈'가, '붉은 바위 봉우리 토벌' 의뢰를 수락하였습
니다.

결국 선량한 유저 아토즈는 이안의 마수에 걸려들고 말았
다.

아토즈는 사실 이 퀘스트를 수락하는 순간까지도 붉은 바
위 봉우리가 어딘지도 모르는 상태였다.

'붉은 바위 봉우리……? 끽해 봐야 한 15레벨 존 정도 되
겠지, 뭐.'

✕

10레벨 이전.

그러니까 전직 이전의 마법사가 카일란 모든 클래스 중
최약체라면, 전직 직후의 마법사는 동 레벨대 최강의 클래
스였다.

매직 애로우 하나만으로 10레벨까지 인고의 시간을 보낸 데에 대한 보상이라도 되는 건지.

처음 전직한 직후의 마법사는 같은 10레벨대 어떤 클래스보다도 강력한 위력을 보여 주는 것이다.

PvP를 한다면 암살자 클래스를 이기긴 힘들겠지만, 10레벨에 딱히 PvP를 할 일은 많지 않았고.

보통 10레벨대의 관심사는 당연히 시원시원하고 빠른 사냥.

전직 직후부터 강력한 광역 마법과 다양한 유틸 마법을 가지는 마법사라는 직업은, 동 레벨의 다른 클래스의 2배도 넘는 사냥 속도를 자랑하는 것이다.

그래서 이안이 이 아토즈라는 유저에게 뜯어내려는(?) 것은, 바로 그 준수한 노동력이었다.

'그렇지 않아도 붉은 바위 봉우리는 혼자 좀 부담스러웠는데 잘됐지. 흐흐.'

지금 여기서 사냥 중이라는 것은 튜토리얼을 진행하지 않았다는 것이다.

그 말인즉 몇 레벨이 됐든 기존 계정을 삭제하고 다시 시작한 유저라는 이야기였다.

카일란에서는 신규 유저라면, 무조건 튜토리얼을 진행해야만 플레이가 가능했으니까.

이안과 항상 플레이하던 랭커들과 비교하면 답답한 파티

원일 수도 있겠지만, 없는 것보다는 확실히 도움이 될 것이라고 생각했다.

아니, 이안조차도 클리어를 장담할 수 없는 미친 A등급 난이도 퀘스트를 클리어하기 위해서는 한 손이라도 아쉬운 법이었다.

핑− 피핑−!

그런 의미에서 이안은 열심히 아토즈로부터 받은 의뢰를 수행하기 시작했다.

최대한 빠른 시간 내에 의뢰를 완수해 줘야 본격적으로 붉은 바위 봉우리를 오르기 전까지 노예 1호(?)가 조금이라도 더 강해질 테니 말이다.

　　−약점에 명중했습니다!

　　−위력이 대폭 증가합니다.

　　−'사나운 들개'에게 32 피해를 입혔습니다!

　　−'사나운 들개'를 성공적으로 처치했습니다!

　　−'사나운 들개'를 성공적으로 처치했습니다!

　　……중략……

　　−현재까지 처치한 '사나운 들개' (36/100)

그리고 이렇게 이안이 전력을 다해 실력을 발휘한 결과.

"……!"

아토즈는 입을 쩍 벌린 채 침을 질질 흘릴 수밖에 없었다.

'아니 무슨, 마법 한 번 캐스팅하는 동안 두 마리씩 잡아?'

아토즈는 최상위 랭커는 아니었지만, 그래도 '랭커'라는 그룹의 끝자락 정도에는 발을 걸쳐 봤었다.

그리고 그와 순위가 비슷한 상위권 궁사들 중에서 이 정도의 퍼포먼스를 보여 주는 유저는 본 적이 없었다.

'대체 뭐 하는 NPC지?'

물론 낮은 레벨대 NPC(?)여서 그런지 전투 매커니즘 자체는 단순했다.

'이안'이라는 이름을 가진 이 NPC는, 일절 스킬을 사용하지 않고 기본 궁술로만 몬스터들을 도륙하고 있었으니까.

하지만 오히려 그 때문에 이안의 현란한 전투 실력이 그대로 눈에 들어왔다.

피지컬만큼은 어지간한 상위 랭커들보다도 한 수 위라고 자부해 왔던 아토즈이니만큼, 이안이 보여 주는 전투가 얼마나 대단한 것인지 정도는 한눈에 알아볼 수 있었다.

'미친, 이놈은 LB사의 전투AI 기술력의 결정체라도 되는 건가?'

그래서 아토즈는 이렇게 생각할 수밖에 없었다.

'이놈, 성장형 NPC다. 분명해. 자경단원 따위가 아니었어.'

카일란을 플레이하다 보면 정말 드물게 만날 수 있는 성장형 NPC.

세계관과 함께 거물급 NPC로 성장하도록 만들어진 희귀한 NPC가, 바로 눈앞에 있는 이안이라고 말이다.

'NPC 이름도 이안이네. 진짜 이안이 와도 활을 저렇게 쏠 수는 없을 것 같은데……'

이안이 들었다면 어이없을 말을 속으로 중얼거리는 아토즈.

'이안'이라는 이름은 NPC들 사이에서 종종 등장하는 이름이었기에 눈앞의 이안이 진짜 그 랭킹 1위 이안일 것이라고는 상상도 하지 못하는 아토즈였다.

'어쨌든 땡잡았군. 이런 미친 NPC를 만나게 될 줄이야. 최대한 친밀도를 쌓아야겠어.'

물론 정말 아토즈가 땡잡은 게 맞는 것일지는, 두고 봐야 알 일이었지만 말이다.

다시 전직

이안이 사나운 들개 100마리를 전부 처치하는 데 걸린 시간은 정확히 1시간이었다.

띠링—!

　–'사나운 들개'를 성공적으로 처치했습니다!

　–현재까지 처치한 '사나운 들개' (100/100)

　–의뢰 조건이 충족되었습니다.

　–유저 '아토즈'에게 보상을 청구할 수 있습니다.

그리고 그것은 아토즈가 예상했던 것보다 최소 세 배 정도는 빠른 시간이었다.

"자, 됐어. 100마리 맞지?"

"마, 맞습니다, 이안 님."

"내가 할 일은 다 했으니까, 이따가 3시에 보자고."

들개 처치 퀘스트가 끝난 시점.

이안과 아토즈의 레벨은 각각 9, 7레벨이었다.

10레벨에 가까워진 이안의 레벨은 1계단밖에 오르지 않았지만 아토즈의 레벨은 무려 4계단이나 오른 것이다.

이 경이로운 사냥 속도에 아토즈는 입을 쩍 벌리고 있었고.

그런 그의 표정을 슬쩍 본 이안은 의미심장한 표정을 짓고 있었다.

'흐흐, 이쯤 했으면 입질이 슬슬 올 텐데······.'

이안의 노림수는 다른 것이 아니다.

방금 '사나운 들개 처치' 의뢰를 받았던 것처럼, 아토즈에게 추가 의뢰를 받아 내려는 것.

안락하기 그지없는 버스 승차감을 맛본 아토즈는 분명 10레벨을 찍을 때까지 버스에서 내리기 싫을 터였고, 그렇다면 이안은 좀 더 비싼 탑승료를 받을 수 있을 터였다.

말은 이따 3시에 보자고 했지만 이안은 알고 있었다.

"저, 그런데 이안 님······?"

"응?"

아토즈는 이안이 던진 미끼를 곧바로 물 수밖에 없을 것이라는 사실을 말이다.

"아직 3시까지 시간이 꽤 많이 남은 것 같은데요."

"그런데?"

"헤헤, 혹시 제 의뢰를 한 번 더 받아 주실 수 있는
지……."

　　-'무너진 신전 탐사' 의뢰를 받았습니다.

　　-클리어 조건 : 의뢰인 '아토즈'의 레벨 10 달성.

　　-보상을 설정하세요.

이어서 시스템 메시지를 확인한 이안의 입가에 사악한 미
소가 떠올랐다.

＊＊＊

베리타스 서버가 열린 시각은 한국 시간으로 오전 10시였
다.

새벽에 새로운 세계에 대한 트레일러 영상과 서버 네임이
공개되긴 했지만, 유저들의 접속이 허락된 시간은 10시부터
였던 것이다.

그래서 오후 1시경인 지금.

이안이 신규 서버 플레이를 시작한 것은 3시간이 지난 상

태였다.

그리고 이 시점에 맞춰서 이안은 1차 목표를 달성할 수 있었다.

띠링-!

　-레벨이 올랐습니다.

　-10레벨이 되었습니다.

카일란의 꽃이라고 할 수 있는 클래스.

즉, 직업을 선택할 수 있는 시점이 된 것이다.

"잠깐 다녀올 곳이 있다."

"어엇? 갑자기 그게 무슨……?"

"어차피 의뢰에 제한 시간은 없잖아?"

"그렇기는 하지만…….'

"3시 전에 10레벨 만들어 줄 테니까, 걱정 말고 앉아서 쉬고 있어."

"아, 알겠습니다."

이안은 10레벨이 되었지만 아토즈는 아직 8레벨이었다.

하지만 그의 레벨을 올려 주는 것보다는 당연히 전직이 우선.

이안이 전직을 1순위로 생각하는 데에는 복합적인 이유가 있었다.

'경험치야 전직을 안 해도 10레벨 99퍼센트까지는 올릴 수 있겠지만…….'

카일란에서는 대부분의 '스킬'을 전직 이후에 습득할 수 있다.

직업과 관련이 없는 스킬이라고 할지라도 전직 전에는 배울 수 없는 스킬이 대부분인 것이다.

스킬 북이 없어도 특정 조건만 채우면 얻을 수 있는 '약점 포착'과 같은 전투 보조 스킬들.

지난 수년간 다양한 전투를 치러온 이안은 그러한 종류의 스킬들을 얻을 방법을 많이 알고 있었고.

'첫 번째 신화의 탄생' 퀘스트를 진행하기 전에 적어도 습득 가능한 스킬들을 최대한 습득해야 승산이 있을 것이라고 판단하였다.

그러니까 전직 이후 아토즈를 10레벨까지 만들어 주면서, 그 전투 과정 안에서 최대한 많은 스킬들을 습득해 내는 게 이안의 계획이었던 것이다.

지이익-!

캐릭터 생성 시 주어지는 귀환 스크롤을 찢으며 이안은 망설임 없이 마을로 귀환하였다.

'전직하는 데에 뭐 얼마나 걸리겠어? 히든 피스도 없는데. 길어야 10분이겠지.'

오전에 자경단에 퀘스트 수령을 위해 들렀던 이안은 노비스 쉘터의 구조를 대략 파악해 둔 상태였다.

'전직이야 당연히 소환술사로 해야 할 텐데…….'

생각이 여기까지 미치자 전직과 관련된 히든 피스가 조금 아쉽긴 했다.

'테이밍 마스터'라는 최고티어의 히든 클래스 보유자였던 이안이라 해도, 초기화된 마당에 다시 테이밍 마스터가 될 수 있다는 보장은 없었으니까.

물론 아쉽다는 것일 뿐 뾰족한 방법이 있는 것은 아니다.

아무런 정보가 없는 오픈 초기에 히든 클래스를 얻고 시작하는 것은 사실상 불가능에 가까운 것이었으니 말이다.

'뭐, 진행하다 보면 기회가 오겠지.'

그리고 상위 히든 클래스로의 전직 기회는 콘텐츠를 선점하다 보면 분명히 생길 터였으니, 당장 조급할 필요가 없기도 하였다.

'그나저나 혹시…… 소환술사가 아닌 다른 클래스로도 전직이 가능한 건가? 이번엔 한번 다른 클래스를 선택해 볼까? 궁사라든가…….'

그렇게 이안이 이런저런 생각을 하며 걷다 보니, 소환술사 길드 건물이 눈앞에 나타났다.

이안은 낡은 나무로 만들어진 현관문을 조심스레 밀고 들어섰고.

끼이익-!

그 안에서 망설임 없이 걸음을 옮기기 시작하였다.

세계관이 달라도 전직 길드의 내부는 비슷한 구조로 만들어져 있었다.

'전직 퀘는 뭘 주려나?'

2층으로 올라가자 길드 마스터로 보이는 NPC가 눈에 들어왔다.

NPC의 이름은 세인.

그에게 다가간 이안은 곧바로 입을 열었다.

"소환술사로 전직하기 위해 왔습니다."

세인은 이안을 잠시 응시한 뒤 대답했다.

"흠, 소환술사로의 길은 결코 쉽지 않은 길이지. 사나운 몬스터를 길들이는 일은 아무나 할 수 있는 일이 아니야."

그리고 이 대사를 들은 이안은 피식 웃을 수밖에 없었다.

기존 세계관의 소환술사 전직 NPC인 카인이 처음 유저에게 하는 대사와 토씨 하나 다르지 않고 똑같았기 때문이었다.

"알고 있습니다. 하지만 힘든 만큼 멋진 직업이라 생각합니다."

이안의 자연스러운 대답에 세인은 흡족한 표정이 되었고……

"좋아, 자네는 전직을 위한 충분한 자격을 갖추고 있군! 마지막으로 묻겠네, 정말 소환술사로 전직하겠는가?"

이안은 곧바로 고개를 끄덕이며 대답하였다.

"예, 물론입니다."

하지만 다음 순간 세인은 고개를 갸웃하였고.

"으음……?"

이안은 당황할 수밖에 없었다.

띠링-!

전직에 성공했다는 메시지 대신, 생각지도 못했던 메시지들이 눈앞에 주르륵 하고 떠올랐으니 말이다.

−'신격'을 가진 유저입니다.

−유저 '이안'이 가진 신격의 발자취를 분석합니다.

……중략……

−'소환술사' 클래스로 전직할 수 없습니다.

'뭐라고……?'

이안은 어안이 벙벙해진 표정이 되었다.

입신지로 시나리오를 시작하기 이전의 데이터가 전직에 영향을 줄 수도 있다고 생각하긴 했지만, 이렇게 전직 자체를 막아 버릴 줄은 몰랐던 것이다.

'오히려 테이밍 마스터 클래스를 바로 줄지도 모른다고 생각했는데…….'

당황한 것은 전직 NPC인 세인도 마찬가지.

"이런 경우는 처음인데……."

하지만 다행히도, 이안에게 떠오른 시스템 메시지는 거기서 끝이 아니었다.

　－신격의 발자취에 따라, '테이밍 마스터(신화)'클래스로의 전직 자격이 부여됩니다.
　－조건이 충족되지 않았습니다.
　－전직 퀘스트를 수령할 수 없습니다.
　－20레벨 달성 시, 전직 퀘스트가 자동으로 발동됩니다.

그리고 그 메시지를 전부 확인한 이안은, 묘한 표정이 될 수밖에 없었다.

카일란에서는 시스템 구조상 전직하지 않은 유저는 11레벨이 될 수 없다.

10레벨의 99.99퍼센트까지 경험치를 올릴 수는 있지만, 전직하지 못한 비기너는 더 이상 레벨 업이 되지 않는 것이다.

때문에 지금 이안에게 떠오른 시스템 메시지는 카일란의 그 기본 시스템에 위배되는 것이었다.

전직 퀘스트를 20레벨에 수령할 수 있다는 이야기는, 반대로 20레벨까지 전직할 수 없다는 이야기와 일맥상통하니까.

'사실 유저가 NPC처럼 퀘스트를 생성할 수 있다는 것부터가 말이 안 되기는 하지만…….'

그러니까 이안은 완전히 규격 외의 존재가 되어 버린 것이다.

✦

"가자, 아토즈."

"볼일은 다 끝나신 겁니까?"

"금방 돌아온다고 했잖아."

물론 이안의 이런 복잡한 상황을 모르는 아토즈는 예상보다 빨리 돌아온 이안이 반갑기만 했지만 말이다.

"으흐흐, 그럼 신전으로 다시 들어가실까요?"

"앞으로 1시간 안에 10레벨 달릴 거니까, 정신 바짝 차리고 쫓아오도록."

"예스, 보스!"

신이 난 아토즈는 나무 지팡이를 들고 쫄래쫄래 이안의 뒤를 따랐다.

두 번째 의뢰의 대가로 무려 30만 골드를 이안에게 헌납하기로 했지만 그것은 상관없었다.

'경매장만 열리면 30만 골드쯤은 그냥 사서 주면 되지.'

아토즈는 지금 한 가지 커다란 착각을 하고 있었으니까.

'쯧, 서버 초창기에 골드가 얼마나 비싼지 모르는 친구네.'

신이 난 아토즈의 표정을 확인한 이안은 히죽 웃으며 앞장서 신전으로 들어갔다.

'기존 서버에서는 현금으로 5~10만 원 정도면 30만 골드를 살 수 있겠지만…….'

이미 수많은 랭커들이 포진해 있는 기존 서버는 골드 수급량이 많아 가격이 싸지만, 서버 초기의 골드는 말 그대로 '금값'이었다.

일단 다들 성장하는 데 사용하기 바빠서 골드를 파는 사람도 많이 없을 것이었으며.

다른 차원계의 골드가 유입되려면 중간계를 통해야 하는데, 이제 오픈한 베리타스 서버는 아직 먼 훗날의 이야기였으니 말이다.

'카일란 극 초창기에 골드 가격이 얼마였었지? 1골드당 50원이었었나?'

골드당 50원으로 계산한다면, 30만 골드는 1,500만 원이다.

물론 그것은 카일란이라는 게임이 처음 나왔을 때 아주 잠깐 동안의 시세였고, 이안이 한창 궁사 클래스로 골드 장사를 하던 때의 시세는 골드당 2원까지 떨어지며 금세 가격이 안정됐었다.

하지만 이안은 베리타스의 골드 시세도 최소 30 : 1 정도에서 시작될 것이라고 생각했다.

한 달 정도만 지나가도 순식간에 시세가 내려가겠지만, 아토즈는 이안에게 일주일 내에 30만 골드를 마련해 주기로 했다.

경매장이 열린 바로 그날까지 말이다.

'뭐…… 랭킹 1위가 운전하는 버스를 타려면 그 정도 대가는 지불하는 게 당연하지. 흐흐!'

만약 아토즈가 골드를 마련하지 못한다면 골드를 노동력으로 대체하는 방법도 있다.

한 시간 정도 사냥하며 아토즈를 지켜본 결과 게임에 꽤 재능이 있는(?) 녀석 같았으니.

여러 모로 쓸모가 많을 것이라는 판단이었다.

자신에 대한 이안의 평가를 아토즈가 알았더라면 무척이나 억울했을 터였다.

"아토즈, 매직 애로우로 저기 저놈 좀 유인해 봐."

"옙, 이안 님."

어쨌든 그렇게 한 시간 정도 추가로 열심히 신전을 공략한 결과.

띠링-!

이안은 아토즈로부터 받은 두 번째 의뢰도 성공적으로 완수할 수 있었다.

　

－파티원 '아토즈'의 레벨이 올랐습니다!

－파티원 '아토즈'의 레벨이 10레벨이 되었습니다.

"자, 이제 된 거지?"

"감사합니다, 이안 님."

"그럼 40분 뒤에 붉은 바위 봉우리 입구에서 보자고."

"옙!"

그리고 아토즈의 레벨이 10레벨이 된 이 시점.

이안의 레벨도 어느덧 12레벨이 되었다.

'자, 그럼 아토즈가 전직하고 돌아오는 동안……. 최대한 레벨을 더 올려 볼까?'

첫 번째 신화의 탄생 퀘스트를 시작하기 전까지.

이안은 최소 15레벨을 찍어 볼 생각이었다.

전직이 불발(?)됨으로 인해 이안의 퀘스트 진행은 더욱 어려워졌다.

'전직도 못한 채로 권장 레벨 30레벨이 넘는 퀘스트를 해야 한다니…….'

일전에 언급했듯 카일란에 존재하는 대부분의 스킬은 전직 이후에 습득이 가능하다.

게다가 전직을 하면 큰 폭으로 상승하게 되는 직업 스텟들도 있다.

그런 이점도 얻지 못한 채 퀘스트를 하게 생겼으니, 첫 번째 신화의 탄생 퀘스트는 더욱더 어려워지게 된 것이다.

'그나마 다행인 건 권능의 화살이 생각보다 크게 성장했다는 건데…….'

한참 솔로 플레이를 하던 이안은, 문득 권능의 화살 아이템 정보를 다시 확인해 보았다.

권능의 화살

분류 : 신물(神物)

등급 : 없음

착용 제한 : 신물의 주인

공격력 : +7 (성장형)

내구도 : 제한 없음

옵션 : 모든 능력치 +3 / 궁술 +3

*약점에 정확히 명중 시, '신궁(神弓)의 가호'가 1회 중첩됩니다.

─신궁의 가호 1스텍당, 원거리 공격력이 5% 증가됩니다.

─신궁의 가호는 최대 10스텍까지 중첩이 가능합니다.

*최고의 궁술을 가진 신격의 권능이 담긴 화살입니다.

*권능의 주인이 신화(神話)를 쌓을 때마다 공격력과 옵션이 성장합니다.

*어떤 신화를 달성하느냐에 따라 옵션의 성장 방향이 달라집니다.

*특별한 신화를 달성한다면…….

……후략……

'공격력은 3에서 7까지 성장했고, 올 스텟도 1포인트나 추가됐어. 심지어 궁술은 2포인트……'

스텟들을 확인한 이안은 흡족한 표정이 되었다.

자칫 상승한 스텟 수치가 작아 보일 수도 있지만, 10레벨 대에 이 정도 스텟 상승은 어마어마한 도움이 된다.

게다가 이안이 지금껏 사냥하며 완벽에 가까운 궁술 실력을 발휘한 탓인지, 새로운 패시브 옵션도 하나 생겼다.

'진짜 내 사냥 스타일에 최적화된 옵션이네.'

어지간한 궁수 랭커들보다 활솜씨가 뛰어난 이안은 연사를 즐겨 사용하였고.

타격 횟수가 많아질수록 더욱 강력한 위력을 보여 주는 '신궁의 가호'는 그런 이안의 플레이 스타일에 안성맞춤이었던 것이다.

'어디 보자, 이제 경험치도 거의 다 찼고……'

권능의 화살의 성장 덕분인지 흡족한 표정이 된 이안은 경험치 게이지를 확인한 뒤 시계를 보았다.

'아쉽게 15레벨은 못 찍었지만 일단 붉은 바위 봉우리로 향해야겠지.'

첫 번째 신화의 탄생 퀘스트의 시간 제한은 이제 5시간 정도밖에 남지 않은 상황이었다.

그렇기에 이제는 슬슬 공략을 시작해야 했다.

난이도로 미루어 보건대, 5시간도 빠듯할 게 분명했다.

지이익—!

인벤토리를 오픈한 이안은 귀환 스크롤을 찢어 곧바로 마을로 복귀했다.

한 가지 다행인 것은 붉은 바위 봉우리가 오히려 지금 이안이 사냥 중이었던 무너진 신전보다 마을에서 더 가까운 위치에 있다는 사실이었다.

＊＊＊

한편 이안이 마을로 향하고 있던 그때.

전직 퀘스트까지 성공적으로 마친 아토즈는 무척이나 기분이 들떠 있었다.

"좋았어. 시간도 딱 맞아떨어지고……!"

그의 기분이 좋은 이유는 다른 것이 아니었다.

그것은 바로, 지금 아토즈의 눈앞에 떠오른 시스템 메시지들 덕분이었다.

-최초로 '마법사' 클래스로 전직에 성공하셨습니다!
-히든 퀘스트, 〈실전된 고대 마법의 비밀〉을 수령하셨습니다!

이안의 버스 덕분에 베리타스 서버 최초로 마법사 클래스 전직에 성공한 데다, 그 특전으로 특별한 퀘스트까지 손에

Taming
Master
테이밍마스터
시즌3

넣은 아토즈!

'이거, 딱 봐도 히든 클래스 전직 퀘잖아? 흐흐!'

연계 퀘스트이기에 아직 히든 클래스 전직이라는 직접적인 언급은 없었지만, 아토즈는 거의 확신하고 있었다.

이 히든 퀘스트를 클리어하고 나면 곧바로 히든 클래스를 얻을 수 있는 연계 퀘스트가 뜰 것이라고 말이다.

그것은 게이머로서의 촉이라고 할 수 있었다.

'아직 다른 녀석들은 5~7레벨 정도에서 빌빌대고 있겠지, 흐흐! 7레벨도 너무 많이 쳐줬나? 크흐흐흐훗!'

기분이 최고조가 된 아토즈는 공중제비라도 돌고 싶은 심정이었다.

첫 단추를 잘 끼워도 너무 잘 끼운 것 같았으니까.

당장 접속을 종료하고, 독일 서버에서 친했던 유저들에게 메신저를 보내 자랑하고 싶을 정도.

하지만 그럴 순 없었다.

조금이라도 빨리 약속 장소에 가서, '이안 님'을 받들어 모셔야 했으니까.

'5시간 동안 토벌대 동원이라고 했나? 흐흐, 그 퀘스트를 마무리한 다음엔 실전된 고대 마법 퀘스트도 의뢰해야지.'

아토즈는 이안을 완벽히 NPC로 착각하고 있었다.

모든 상황이 NPC가 아니라고 의심조차 할 수 없었지만, 결정적인 이유는 바로 파티 창에 뜨는 이안의 명칭 때문이었다.

　-파티원 '이안'

　-Lv : ???

　-클래스 : ???

　레벨이야 유저가 비공개로 해 두면 알 길이 없는 게 맞았지만 클래스는 숨길 수가 없었는데, 버젓이 '???'라고 명시되어 있었으니 말이다.

　유저의 클래스가 '???'로 되어 있는 경우는 단 하나.

　전직을 아직 진행하지 않은 비기너일 때뿐이었다.

　'클래스 없이는 10레벨을 넘을 수가 없는데……. 10레벨이 활 들고 20렙 존을 학살한다? 말이 안 되지.'

　그래서 아토즈는 기연이나 다름없는 NPC 이안과의 관계를 최대한 오래 유지하고 싶었다.

　베리타스 서버 랭킹 1위(?)를 달성하기 위해선 이안의 도움이 필수였다.

　그렇게 꿀 같은 상상을 하며 싱글벙글 마법사 길드에서 나온 아토즈!

　"그나저나 붉은 바위 봉우리가 어디야? 지도를 좀 봐야……."

　그런데 지도를 확인한 순간 아토즈의 표정은 사색이 될 수밖에 없었다.

'자, 잠깐! 여기 권장 레벨이 왜 이래?'

이안이 준 토벌대 퀘스트를 진행하기 위해 지도를 확인했는데, 지도에 표시된 붉은 바위 봉우리의 필드 전투 권장 레벨이 무려 35레벨로 찍혀 있었으니 말이다.

'젠장. 퀘 하다가 죽기라도 하면 24시간을 고스란히 날리는 건데…….'

만약 하루를 날리게 된다면, 오늘 이안을 만나 다른 유저들보다 앞서나가게 된 것도 전부 따라잡혀 버릴 것이다.

아니, 히든 퀘스트를 얻은 것을 제외한다면, 오히려 뒤쳐질지도 몰랐다.

그래서 아토즈는 잠깐 갈등해야 했다.

'악명이고 나발이고 퀘스트 포기하고 런 할까?'

하지만 아토즈는 그럴 수 없었다.

무시무시한 전투 능력을 가진 이안이 만약 아토즈에게 악감정이라도 품는다면 사냥터에서 척살을 당할 수도 있다고 생각했으니 말이다.

일반적인 NPC라면 상관없지만 놈은 성장형 NPC!

아토즈는 앞으로도 이안보다 더 빨리 성장할 자신이 없었다.

'그래, 그런 괴물 같은 NPC와 척져서 좋을 건 없지.'

해서 아토즈는 곧바로 붉은 바위 봉우리로 향했다.

그간 벌어들인 골드는 전부 방어구와 포션을 사는 데에 사용하였다.

이제 아토즈의 목표는 5시간동안 살아남는 것으로 바뀌었다.

'후우! 그래, 침착하자. 나만 잘하면 죽진 않을 거야.'

그렇게 마음을 가다듬으며, 빠른 걸음으로 붉은 바위 봉우리까지 이동한 아토즈.

그곳에서 아토즈는, 기다리고 있던 이안을 발견할 수 있었다.

"여, 왔어?"

"넵. 이안 님."

"좋아. 시간이 많지 않으니, 바로 출발해 보도록 하자고."

그리고 아토즈가 뭐라 대답할 새도 없이, 이안은 순식간에 붉은 바위 봉우리 필드 안으로 들어가 버렸다.

띠링-!

－붉은 바위 봉우리에 입장하셨습니다.

－음산한 피의 기운이 전신을 짓누릅니다.

－모든 파티원의 생명력 재생 속도가, 15%만큼 감소합니다.

시스템 메시지와 함께 필드 안으로 들어온 이안은, 주변을 빠르게 둘러보며 경계를 늦추지 않았다.

'잡몹도 최소 30레벨 이상일 거야. 까딱하면 그대로 사망이겠지.'

하지만 긴장한 것과 별개로 이안의 움직임에는 망설임이 없었다.

그의 머릿속에는 이미 치밀한 계획이 세워져 있었으니까.

'34레벨 이상 몬스터를 먼저 하나 찾고 싶은데……'

일단 이 필드에 들어와서 이안이 가장 먼저 하려는 것은, 한 가지 칭호를 얻는 것이었다.

20레벨 이상 차이나는 몬스터를 처치해야 얻을 수 있는 아주 특별하고 유용한 칭호.

바로 '사냥의 달인' 칭호를 얻는 것이 이안의 첫 번째 목표였던 것이다.

사냥의 달인

등급 : 영웅

*자신보다 레벨이 높은 적을 상대할 때 모든 능력치가 5% 상승합니다.

*자신보다 레벨이 높은 적을 상대할 때 획득 경험치가 레벨 차이에 비례해 상승합니다.

과거 소환술사가 되기 위해 초기화했을 때도 아주 유용하게 썼던 이 칭호는, 어떻게든 얻고 가는 게 여러모로 좋을 터였다.

칭호로 인해 막대하게 늘어날 경험치도 경험치였지만, 능력치 상승 5%도 이번 퀘스트에서 무척이나 쏠쏠히 도움이 될 테니까.

이안은 아마 한동안, 자신보다 레벨이 낮은 적을 상대할 일이 없을지도 몰랐다.

"아토즈."

"예, 이안 님."

"이제 매직 애로우 말고 다른 것도 쓸 수 있겠지?"

이안의 물음에 아토즈는 살짝 움찔했지만, 곧 수긍하였다.

'내가 마법사로 전직했다는 사실은, NPC도 바로 알 수 있나 보군.'

이어서 고개를 끄덕이며 이안을 향해 다시 입을 열었다.

"아직 변변치 않긴 하지만 기본적인 마법들은 다 사용할 수 있습니다."

"좋아, 내 뒤에 바짝 붙어 따라오도록."

"넵."

"내가 신호하면, '헤이스트'마법 캐스팅 준비 좀 해주고."

'헤이스트'는 마법사가 전직 직후에 습득 가능한 세 가지 버프 마법 중 하나였다.

마법의 효과는 바로 대상의 민첩성을 극대화시켜 주는 것.

"알겠습니다, 이안 님."

이렇게 난이도 높은 전투를 준비할 때일수록 높은 민첩성은 필수였기에 이안은 미리 헤이스트 마법부터 주문해 뒀던 것이다.

'멍청하게 공격한답시고 공격 마법부터 캐스팅하면 곤란해지니까.'

이안은 마법사 클래스가 전직 직후에 어떤 마법들을 사용하는지 빠삭히 꿰고 있다.

때문에 그 마법들을 극한으로 활용하기 위해 어떤 식으로 아토즈를 굴릴지까지 전부 계획을 세워 둔 이안이었다.

'좀 근성 있는 놈이었으면 좋겠는데…….'

머릿속에 대략적인 그림을 그린 이안은 필드 외곽을 따라 빙 돌며 조금씩 안쪽으로 진입하기 시작하였다.

필드에 어떤 종류의 몬스터들이 존재하는지 탐색하는 것부터가 사냥의 시작이라고 할 수 있었다.

'거의 콜로나르 대륙에 있는 고블린 야영지 같은 느낌이군.'

이안은 기존에 알고 있는 몬스터들에 대한 정보를 기반으로 〈붉은 바위 봉우리〉의 몬스터들에 대해 파악하기 시작하였다.

이안이 단 한 번의 전투도 없이 몬스터 분석에 쓴 시간만 거의 20분에 가까울 정도였다.

'좋아, 이 정도면 대충 각이 나오는군.'

그렇게 심혈을 기울여 전투를 준비한 이안은, 필드에서 동

떨어져 나와 있는 고블린 한 마리를 향해 천천히 활을 겨누었다.

　　-붉은 머리 고블린 Lv : 34

　이어서 아토즈에게 간결히 오더 했다.
　"아토즈, 헤이스트 쓰자마자 곧바로 '아이스 애로우' 부터 캐스팅해."
　"넵!"
　그리고 아토즈의 대답이 떨어짐과 동시에.
　피이잉-!
　이안의 활시위를 떠난 화살이 고블린의 머리를 향해 **빠르**게 쇄도하기 시작하였다.

　　　　　　　　　　✻

　이안이 그렇게 첫 번째 신화의 탄생 퀘스트를 클리어하기 위해 고군분투를 시작하던 그때.
　카일란의 공식 커뮤니티는 신규 서버 베리타스에 대한 이야기로 활활 불타오르고 있었다.
　튜토리얼부터 시작해서 모든 부분이 기존의 지상계와 완전히 다른 구성이다 보니, 베리타스 서버를 하지 않는 유저

들까지도 오늘만큼은 베리타스에 대한 이야기만 하고 있는
것이다.

　-신썹 느낌 어떰?
　-튜토리얼부터 완전히 다르다며? 누가 썰 좀 풀어 봐.
　-다들 게임 달리느라 정신없겠지 ㅋㅋㅋ 커뮤니티에 지금 현지
　인이 있겠냐?

　그래서 오후 세 시가 된 지금.
　그러니까 베리타스 서버가 오픈된 지 이제 5시간 정도가
지난 시점.
　신규 서버와 컨텐츠 스크린샷들이 카일란 커뮤니티를 가
득 채우기 시작했다.
　모든 카일란 유저들은 그것을 흥미진진하게 지켜보고 있
었다.
　커뮤니티에서 채팅으로 떠드는 사람 중에는 베리타스 유
저가 거의 없었지만.
　인 게임에서 바로 올릴 수 있는 스크린샷 및 게시물들은,
쉴 새 없이 쏟아져 올라오는 것이다.
　그리고 이렇게 쏟아져 나오는 베리타스의 정보들 가운데
서, 유저들 사이에 한 가지 중론이 만들어지고 있었다.
　그것은 바로 신규 서버 베리타스가, '마족' 종족을 선택한

유저들이 '인간' 종족 유저들에 비해 유리하도록 설계되어 있다는 이야기였다.

　－이거 이번에 LB사에서 밸런스 설계 실패한 거 아님?

　－서버 오픈 5시간 만에 밸런스 논하기는 좀…….

　－아니, 지금 신섭 뉴비들 상태 봐. 마족 유저들이 평균적으로 레벨도 2~3정도 더 높고, 벌써 전직한 애들도 많아.

　－그야 마족이 원래 피지컬이 인간 종족보다 높게 설계되어 있어서 그런 거 아님?

　－맞아. 그건 원래 그랬던 것 같은데…….

　물론 LB사에서 유저들에게, 서버 평균 레벨 같은 데이터베이스를 제공하는 것은 아니다.

　하지만 공식 커뮤니티의 신규 서버 게시판에 보면, 마족 유저들의 '전직 인증' 글이 쏟아져 나오기 시작했다.

　하지만 그에 비해 인간 종족 유저들은 이제야 7~8레벨 정도였다.

　그것도 전직이 가장 빠르다는 전사 클래스 지망 계정들만을 비교했음에도 말이다.

　－아무리 그래도 이 시점에서 이 정도로 차이가 나는 건, 필드 설계 문제라고 봄.

-흠. 듣고 보니 맞는 말 같기도 한데…….

-나 오픈하자마자 접속해서 방금까지 베리타스 인간 진영에서 플레이하다 왔는데, 이제 4레벨임.

-그건 니가 문제 있는 거 아니냐?

-니가 지팡이 들고 매직 애로우만 쏴 봐. ㅅㅂ 4레벨도 높은 편일걸.

-아, 지팡이는 ㅇㅈ이지.

그래서 유저들은 분명히 진영 간의 뚜렷한 격차를 느끼고 있었다.

하지만 그것과 별개로 대체 왜 이런 차이가 나는지는 쉽게 알아차릴 수 없었다.

-일단 저는 마족 코인 타러 갑니다.

-지금이라도 인간 진영 계정 삭제하고 갈아타야 하나……?

-월드 맵 보니까 인간 진영 스타팅 포인트랑 마족 스타팅 포인트랑 그렇게 거리도 안 멀던데.

-ㅇㅇ 거리로 보면 한 40레벨 ~ 50레벨 필드 정도에서 만날 듯.

-빠르면 보름 내로 진영끼리 치고받고 싸우기 시작하겠어.

-하아…… 큰일이네. 진영 대전에서 불리하게 흘러가면 계속 손해 볼 거 같은데.

그리고 한 가지 더.

　-그런데 님들, 베리타스에는 사제 클래스가 없다던데, 그거 진
짜임?
　-ㅇㅇ 맞음.
　-헐. 그럼 힐은 누가 해?
　-서포터로 키운 마법사가 하겠지?
　-아니면 신규 직업이 있을지도 모르죠.
　-오……?

　새로운 세계 베리타스에는, '사제' 클래스가 존재하지 않
았다.
　유저들은 그 이유가 '신이 없는 세계'라는 설정 때문일 것
이라고 추측하고 있었다.
　신이 없는 세계에서 '신성력'이라는 스텟이 존재하는 것도
아이러니한 게 사실이었으니 말이다.

　-흥미진진하네. 지금까지 키워 놓은 게 아까워서 서버 못 옮기
는 게 한이다.
　-난 조금 더 지켜보다가, 신섭 재밌어 보이면 갈아탈 예정.

　이렇게 전 세계 카일란 유저들의 관심 속에서, 베리타스

서버에 씌워져 있던 베일은 점점 벗겨지기 시작하였다.

　※

　카일란은 같은 클래스의 캐릭터라도 변별력이 상당히 다양하고 세밀한 게임이다.

　그러니까 같은 클래스의 같은 스킬을 가진 같은 레벨의 유저들이 같은 시간 동안 같은 공간에서 플레이한다고 하더라도 그 결과는 천차만별이 될 수 있다는 이야기다.

　그리고 카일란이라는 게임이 이렇게 커다란 변별력을 가질 수 있었던 이유는 게임에 무척이나 다양한 요소가 작용하기 때문이었다.

　유저의 피지컬은 물론 경험과 정보력, 거기에 몬스터에 대한 이해도와 퀘스트 동선 선택까지.

　이런 모든 부분들에서 완벽에 가까운 능력을 보여 준 유저와 그렇지 못한 유저 사이에는 계속해서 더 큰 차이가 쌓여 갈 수밖에 없는 구조였으니까.

　마치 작은 눈덩이가 굴러가면서 점점 빠른 속도로 거대해지는 것처럼 말이다.

　"헉, 헉! 이안 님."

　"왜?"

　"잠깐 정비한 다음 사냥하는 게 어떻겠습니까?"

"왜?"

"마나가 다 떨어져서……."

"포션 있지?"

"마나 포션은 없……."

―파티원 '이안'으로부터 '가공된 슬라임 체액' 아이템을 ×20 지원받았습니다.

"뭐 해, 안 따라오고?"

"……."

"공짜 아니다. 나중에 비용 청구할 거니까 아껴 쓰도록."

"……."

그런 의미에서 이안은 일반적인 유저와 완전히 다른 차원의 게임을 하고 있는지도 몰랐다.

평범한 유저가 이안의 플레이를 볼 때 가장 처음 놀라는 부분은 화려한 피지컬이지만, 그의 플레이를 볼수록 경악하는 부분은 바로 이안의 완벽에 가까운 '치밀함'이었으니까.

로터스 길드원들조차도 이안과 함께 퀘스트를 할 때면, 가장 많이 하는 이야기가 '게임을 이렇게까지 할 수도 있구나.'였으니.

평범한 유저들의 입장에서는 경악할 만한 것이다.

그리고 이것은 유망주 아토즈라고 해서 별다를 바 없었다.

'젠장, 이러다가 몬스터한테 죽는 게 아니고 탈진해서 죽겠어.'

붉은 바위 봉우리 필드에 들어온 이후 벌써 4시간째.

그동안 단 한순간도 쉬지 않는 이안의 모습은, 아토즈의 눈에 사람으로 보이지 않았으니 말이다.

'젠장, 너는 NPC일지 몰라도 나는 유저라고!'

아토즈도 당연히 하드코어한 사냥을 좋아한다.

특히 랭킹 1위를 목표로 하고 있는 이 시점이라면 더더욱 환영할 수밖에 없다.

하지만 그것도 어떤 '선'이라는 게 있는 법.

이안은 그 선을 넘어도 한참은 넘은 녀석이었다.

게임하다가 현실 세계에서 사망할지도 모른다는 위기감을 느낀 것은 단연코 오늘이 처음이라 할 수 있었으니까.

"아토즈."

"네, 이안 님."

"방금 아이스 에로우가 두 발이나 빗나갔어. 알지?"

"……."

"그것만 다 맞췄어도 전투가 1분 30초는 더 빨리 끝났을 거야."

"……."

"설렁설렁 하지 말자고."

아토즈는 단 한순간도 설렁설렁 게임한 적이 없다.

애초에 30레벨 필드에서 10레벨 마법사가 설렁설렁 플레이해서 살아남을 수 있을 리 없다.

당연히 아토즈는 억울할 만했다.

하지만 그렇다고 해서, 이안의 말에 토를 달 수 없었다.

'이 괴물 같은 놈은 대체 왜 실수도 안 하는 건데……?'

지금까지 이안과 사냥하면서 아토즈는 그의 화살이 빗나가는 것을 단 한 번도 보지 못했으니 말이다.

그래서 아토즈는 이렇게 생각할 수밖에 없었다.

'최상급 NPC라서 명중 보정이 있는 게 분명해! 그렇지 않고서야……!'

카일란 개발진이 사기적인 능력치의 NPC를 하나 만들어서 풀어놨다고 말이다.

'후우, 어떻게든 버텨 보자! 그래도 이 미친 놈 덕분에 벌써 15레벨이잖아?'

물론 진실(?)을 알았다면, 아토즈는 기겁을 했을 테지만 말이다.

"흠, 이제 슬슬 제단이 가까워진 것 같은데……."

온몸이 후들거리는 아토즈의 상태를 아는 건지 모르는 건지, 멀찍이 보이는 고블린 제단을 보며 중얼거리는 이안!

'좋아. 남은 시간은 1시간……. 실수만 안 하면 충분히 클리어 가능하겠어.'

끼잉-!

활시위를 잡아당긴 이안은 조금 뒤에서 마법 캐스팅을 시작한 아토즈를 힐끔 응시하였다.

이어서 다시 전방으로 고개를 돌린 이안의 얼굴에는 음흉한(?) 미소가 떠올라 있었다.

붉은 바위 봉우리 필드 공략을 진행하는 4시간 동안, 이안의 레벨은 18레벨이 되어 있었다.

전직조차 하지 못한 상태로 사냥한 것을 생각한다면, 그야말로 어마어마한 속도의 레벨 업이었다.

하지만 이안은 만족스럽지 못했다.

이 속도는 사실 이안이 처음 계정을 초기화하고 레벨 업을 진행했을 때보다 훨씬 느린 것이었으니 말이다.

물론 당시에는 막대한 환생 보너스 스탯도 있었고, 전직까지 했으며, 자본마저 풍부해서 호화롭게 아이템도 세팅한 상태였지만…….

그렇다고 해도 성장속도가 마음에 들지 않는 것은 어쩔 수 없었다.

'그나마 〈사냥의 달인〉 칭호 덕에 이만큼이라도 올린 것 같은데…….'

당초 목표는 20레벨을 찍고 나서 데몬 고블린의 거점에 진입하는 것이었으나, 시간상 계획을 조금 수정할 수밖에 없었다.

전직도 못 했고 목표 레벨도 달성하지 못했으니, 그야말로 첩첩산중.

하지만 이 어려운 상황 속에서도 이안은 퀘스트의 성패에 대해 낙관하고 있었다.

아니, 오히려 처음 이 퀘스트를 받았을 때보다 훨씬 더 클리어 가능성을 높게 보고 있었다.

'어디 보자. 우리 토즈가…… 이제 15레벨인가?'

그 이유는 바로 1호 노예 마법사(?)의 실력이 상상했던 것보다 훨씬 더 뛰어났기 때문이었다.

'어떻게 이렇게 참한 녀석이 굴러들어왔을까?'

이안은 수많은 최상위권 마법사 유저들과 파티 사냥을 해 본 경험이 있다.

아니, 그런 경험들을 다 떠나서 로터스 길드 소속의 레미르나 피올란만 하더라도 전 세계에서 손에 꼽을 만한 유저들.

그런데 이 아토즈라는 녀석은 신규 서버 뉴비 주제에 랭커들과 비교하더라도 손색없는 컨트롤을 자랑하고 있었다.

아니, 조금 후하게 봐주면, 순간 피지컬만큼은 레미르나 훈이에 비견될 정도였다.

'경험이 좀 부족해 보이기는 하지만, 포텐 하나만큼은 진짜 훈이급이야.'

그래서 이안은, 겉으로는 아토즈를 갈굴지언정 속으로는 무척이나 흡족함을 느꼈다.

과거 콜로나르 대륙을 누비던 시절, 말 잘 듣는 훈이가 얼마나 유용했던가!

신규 서버에서 함께 사냥하는 게 답답하지 않은 유저를 찾을 수 있다는 사실만으로도 이안은 아주 만족스러웠던 것이다.

'우리 토즈는 앞으로 큰일을 해야 하니까……. 좀 더 강하게 키워야겠어.'

즉, 이 정도 실력을 가진 마법사와 함께라면 퀘스트의 난이도도 두세 단계 정도는 내려가는 게 당연한 것.

"이안 님, 저쪽인 것 같습니다!"

"오, 찾았다!"

그래서 거점 입구로 향하는 포탈을 발견한 순간, 이안은 망설임 없이 진입하였다.

"정신 똑바로 차려 토즈."

"옙."

"여기서는 진짜 실수하면 안 돼."

-'데몬 고블린 거점' 필드로 이동합니다.

-파티원 '아토즈'가 '데몬 고블린 거점' 필드로 이동했습니다.

우우웅―!

이어서 어두워졌던 이안의 시야가 다시 밝아졌을 때.

제대로 찾아온 것이 맞다는 듯……

이안의 눈앞에 퀘스트와 관련된 메시지가 주르륵 떠오르기 시작하였다.

띠링―!

　　―거점 깊숙한 곳에서 '신을 향한 기도'가 들려옵니다.

　　―거점 깊숙한 곳에서 미약한 '믿음'이 느껴집니다.

　　―자경단원 '다르킨'의 흔적을 발견했습니다!

　　―누군가의 '기도'와 '믿음'으로 인해 '신력'이 일시적으로 강화됩니다.

　　―'신력'이 5만큼 증가했습니다.

　　―현재 신력 : 0 (+5)

　　―'신력'의 증가로, 모든 전투 능력치가 강화됩니다.

　　……후략……

그리고 메시지를 읽어 내려가는 이안의 주변으로.

스화아아악―!

새하얀 빛의 회오리가 맹렬히 회전하며 빨려 들어가기 시작하였다.

노비스 쉘터에서 평생을 살아온 다르킨은 쉘터를 위해 누구보다 성실히 일해 왔으며 이곳을 누구보다 사랑하는 청년이었다.

어린 시절 괴수들에게 부모를 잃고 고아가 된 그를 유일하게 받아 줬던 곳이, 바로 이곳 노비스 쉘터였으니 말이다.

　-제가 정말 여기서 머물러도 될까요, 아저씨?

　-물론이란다, 이곳 노비스 쉘터는 이 척박한 베리타스 안에서 인간들이 쉴 수 있는 유일한 쉼터니까.

　-가, 감사합니다!

　-하지만 노비스 쉘터의 주민이 되려면, 이곳 쉘터를 위해서 도움을 줄 수 있는 사람이 되어야 해. 그것이 뭐든지 말이지.

　-제가 뭘 할 수 있을까요?

　-하하, 너무 걱정하지 말거라. 어린아이에게 험한 일을 시키지는 않으니까.

　-할 수 있는 건 뭐든 열심히 하겠습니다!

　-의욕이 보기 좋구나, 다르킨.

　-감사합니닷!

　-내 이름은 크리스다. 이곳 노비스 쉘터의 자경단장을

맡고 있지.

다르킨이 살아남아 노비스 쉘터의 주민이 될 수 있었던 것은 거의 기적이었다.

일곱 살배기 어린아이가 베리타스의 '황량한 평원'을 무사히 지나온 것은 불가능에 가까운 일이었으니까.

다르킨은 그것이 신의 가호라고 생각했고, 이 노비스 쉘터가 신이 존재한다는 증거라고 생각해 왔다.

하지만 굳이 그러한 자신의 믿음을 다른 사람들에게 이야기하지는 않았다.

베리타스에서 살아가는 대부분의 사람들은 신을 증오하니 말이다.

'그러고 보면…… 오늘도 십 년 전 그날 같구나.'

다르킨의 입가에 자조적인 웃음이 걸렸다.

지금 다르킨의 눈앞에는 '데몬 아이언(Demon Iron)'으로 만들어진 앙상한 철창이 솟아 있었으니까.

지옥 불만큼이나 뜨거운 열기를 내뿜는다 하여 데몬 아이언이라는 이름을 가지게 된 특별한 금속.

그것으로 만들어진 감옥 안에 갇힌 다르킨이 할 수 있는 것은, 사실상 고블린 제단에 제물로 바쳐지는 것을 기다리는 것뿐이었다.

이곳 붉은 바위 봉우리는 너무 위험한 나머지 자경단의 순

찰대도 잘 오지 않는 곳이었으니 말이다.

그러니까 기적이 일어나지 않는 한 다르킨은 시한부 인생이었다.

'이번에도 내가 할 수 있는 일은 오로지 기도뿐이구나.'

어린 다르킨은 황량한 평원을 무사히 지나왔지만, 그렇다고 해서 아무 일도 없던 것은 아니었다.

마족들에게 잡혀 노예로 끌려갈 뻔했던 절체절명의 위기도 있었으니까.

하지만 마족들의 마차에 갇혀 있던 그때.

신은 다르킨의 기도를 들어주었다.

독성분이 가득한 '네펜데스의 열매'를 잘못 먹은 마족들이, 황량한 평원 한가운데서 자멸했던 것이다.

그 덕분에 마족들의 손에서 탈출한 다르킨은, 노비스 쉘터까지 도망쳐 올 수 있었다.

'신이시여, 저를 구원해 주소서…….'

그래서 다르킨은 십 년 전 그날처럼 간절히 신을 부르며 기도하였다.

하지만 신이 이 기도를 들어주지 않는다고 하여 원망할 생각은 전혀 없었다.

신의 가호가 아니었다면, 다르킨은 이미 십 년 전 마족들의 노예로 팔려 갔을 테니까.

'부디 내 목소리가 신에게 닿길…….'

그렇게 다르킨은 두 손 모아 기도했고, 꼬박 하루의 시간이 지나갔다.

그리고 그는 어느 순간 정신을 잃고 쓰러졌다.

뇌옥에서 쏟아져 나오는 열기 탓에 탈수증이 와 정신을 잃은 것이다.

그런데 그렇게 몇 시간이 흘렀을까?

콰앙-!

귓전에 울려 퍼지는 굉음 때문에, 다르킨은 두 눈을 번쩍 뜰 수밖에 없었다.

그리고 다음 순간.

"네가 다르킨이냐?"

다르킨의 눈앞에는, 새하얀 광휘에 둘러싸인 한 남자가 서 있었다.

"오, 신이시여……!"

다르킨은 그 남자가, 자신의 기도에 응답한 신이라고 생각했다.

그래서 다르킨의 눈에서는 눈물이 주르륵 흘러내렸다.

"맞습니다. 제가 바로……!"

하지만 그것과 별개로 다르킨의 말은 더 이어질 수 없었다.

"홋차-!"

"엇, 어어!"

다르킨이 말을 다 끝마치기도 전에 남자가 그를 한 손으로 들쳐 메었으니 말이다.

"아토즈, 계단실 상황은 어때?"

"이제 놈들도 알아차린 것 같습니다, 이안 님."

"으, 젠장. 그럼 지하 통로를 정면 돌파하는 수밖에 없네."

"시작할까요?"

"단숨에 뚫고 나갈 거야. 알지?"

"옙."

"좋아. 달려!"

남자는 다르킨을 들쳐 멘 채로, 미친 듯이 달리기 시작하였다.

그런 그의 등 위에서 다르킨은 다시 정신을 잃을 수밖에 없었다.

며칠째 물 한 모금 못 먹은 다르킨은 기력이 하나도 없었는데, 이안은 그를 거의 짐짝처럼 들고 뛰었던 것이다.

퍽-!

"이, 이안 님, 그러다가 저 친구 죽는 거 아닙니까?"

"안 죽으니까 걱정 말고 뛰어!"

퍼퍽-!

"머, 머리에서 묵직한 소리가……!"

"얘가 죽더라도 우린 살아야 할 것 아냐!"

"그, 그건 그렇죠!"

하지만 그것과 별개로 다르킨은 꿈을 꾸고 있었다.

꿈에서 그는 그토록 염원하던 신을 만나고 있었다.

⁂

'신력'이라는 시스템.

이것은 지금까지 이안은 카일란의 누구보다 많은 콘텐츠를 섭렵했음에도, 이는 처음 경험하는 시스템이었다.

'신력이 대체 뭐지?'

그래서 이안은 신력이 5포인트만큼 증가했다는 게 뭘 의미하는지 전혀 알 수 없었다.

신력이 담긴 '권능의 화살'을 직접 쏴 보기 전까지는 말이다.

피이잉-!

-신력으로 인해 '권능의 화살'의 위력이 대폭 강화됩니다.

퍼어엉-

키에에엑-!

-'데몬 고블린'에게 치명적인 피해를 입혔습니다!

-'데몬 고블린'에게 175만큼의 피해를 입혔습니다!

-'신력'으로 인해 피해량이 증폭됩니다.

　-'데몬 고블린'에게 추가로 315만큼의 피해를 입힙니다!

　……후략……

　지금 이안이 쏘는 활의 대미지는, 정상적으로 전직한 20레벨 궁수의 활보다 대미지가 약할 수밖에 없다.

　'권능의 화살'이라는 특별한 신물을 가지고 있긴 했지만.

　활도 아직 처음 지급되는 초보자 장비를 착용 중인 데다, 전직 스텟을 전혀 받지 못했으니 말이다.

　그런데 고작 5정도 더해진 신력으로 인해 추가 대미지가 거의 기본 대미지의 두 배만큼 증가했다.

　보수적으로 따져봐도 DPS가 2.5배는 늘어난 것이다.

　'신력 5가 이렇게 엄청난 거였어?'

　기대하지도 않았던 강력한 버프에 신이 난 이안은 화살을 미친 듯이 쏘아 대기 시작했다.

　핑- 피피핑-!

　그리고 전투 과정에서 몇 가지 새로운 사실들을 깨달을 수 있었다.

　1. 신력으로 인한 추가 대미지는, 공격이 정확할수록 더 강력한 위력을 발휘한다.

-'신력'을 담은 화살이, 약점을 정확히 관통했습니다!

-위력이 35%만큼 증가합니다!

2. 신력은 사용할 때마다 조금씩 스텟이 성장한다.

-위력적인 '신력'을 발현했습니다!

-'신력' 능력치가 성장합니다.

-현재 신력 : 0(+5)

-현재 성장률 (37.24%)

　이안은 신력의 '성장률'이라는 것이 정확히 뭔지 아직 몰랐다.

　하지만 전투가 지속될수록 퍼센트가 높아지는 것을 봤을 때 다음과 같이 추론은 가능하였다.

　'성장률이 100퍼센트가 되면 신력이 1포인트 증가하는 건가 본데…….'

　그리고 고작 5포인트의 신력이 이 정도의 위력을 내는 상황에서, 포인트 하나하나는 엄청나게 소중한 것.

　'성장으로 신력 1포인트 챙기고 퀘스트 보상으로 1포인트 더 챙기면……. 이벤트 버프 없이도 신력 2포인트로 사냥할 수 있는 거잖아?'

　머릿속에서 계산을 깔끔하게 끝낸 이안은 기분이 좋아졌다.

퀘스트가 진행되는 동안 처치한 '데몬 고블린'들의 경험치가 두 배로 들어온 덕에 19레벨도 이미 절반 정도 지나왔다.

20레벨이 되면 전직까지 가능하니 이번 퀘스트만 무사히 끝나면 폭발적인 성장이 가능해질 것이다.

"아토즈, 헤이스트 다시 써 줄 수 있어?"

"넵, 이안 님!"

"이제 15분 남았다. 그 안에 여길 빠져나가야 해."

"후욱, 알겠습니다."

물론 퀘스트가 '무사히' 끝난다면 말이다.

띠링—!

    —조건이 충족되었습니다.

    —데몬 고블린 제사장이 깨어납니다.

    —결계가 생성되었습니다.

    —'데몬 고블린 거점'의 출구가 봉쇄됩니다.

메시지를 확인한 이안의 입에서 한숨이 푹 새어 나왔다.

'그럼 그렇지! 젠장, 이렇게 쉽게 끝날 리가 없지.'

본능적으로 퀘스트의 마지막 고비가 도래했음을 깨달은 이안은, 들쳐 메고 있던 다르킨을 바닥에 내려놓았다.

털썩.

그리고 멀찍이 보이는 붉은 기류를 향해 천천히 화살을 겨누었다.

끼이이잉-!

핏빛으로 물든 투박한 지팡이를 든, 고블린이라기에는 커다란 몸집을 가진 몬스터.

　　-데몬 고블린 제사장 Lv 43

녀석의 머리통을 향해, 새하얀 기류로 뒤덮인 이안의 화살이 맹렬히 쇄도하기 시작하였다.

피이이잉-!

베리타스 서버의 신규 유저 루이사는, 현재 서버에서 선두를 달리고 있는 전사 클래스 유저였다.

서버가 열리고 10시간이 다 되어 가는 지금 그녀의 레벨은 정확히 17.

　　-레벨 업을 했습니다!

　　-17레벨이 되었습니다.

이것은 공식 커뮤니티에 알려진 최고 레벨 마족 유저만큼이나 높은 레벨이었는데, 그녀가 이렇게 레벨이 높은 데에는 당연히 이유가 있었다.

그녀 또한 베리타스 서버에서 카일란을 처음 시작한 '뉴비'가 아니었으니 말이다.

그녀는 아토즈와도 친분이 있는 독일 서버의 전사 클래스 유저였다.

'히히, 17레벨이라······. 좋았어. 이 정도면 충분하겠지.'

사실 그녀는 아토즈와 달리 유명한 랭커는 아니었다.

독일 서버에서 플레이하던 당시 그녀의 레벨은 고작(?) 320 정도에 불과했으니 말이다.

하지만 그녀는 아토즈도 인정하는 천부적인 재능러(?)였다.

성실한 아토즈와 달리 꽤 설렁설렁 게임을 플레이함에도 불구하고, 고작 반년 만에 300레벨을 넘겼을 정도로 말이다.

본인을 '즐겜 유저'라고 표현하는 그녀의 말처럼, 랭킹에 별달리 연연하지 않는 것이 바로 그녀의 플레이 스타일.

그래서 그녀는 원래 가지고 있던 장비들을 전부 현금으로 처분한 뒤 미련 없이 계정을 삭제하고 베리타스로 넘어왔다.

그녀가 베리타스에 온 이유는 하나.

아토즈와 함께 게임하는 것이 재밌기 때문이었다.

어쩌면 아토즈를 놀려 먹는 게 가장 재밌는 것일지도 모르지만 말이다.

'30레벨을 찍기 전에 히든 클래스를 찾으면 좋겠는데……'

그런데 그렇게 러프한 게임 스타일을 추구하던 그녀가, 어쩐 일인지 베리타스 서버에서는 조금의 시간도 낭비하지 않고 타이트하게 레벨을 올리는 중이었다.

서버가 열린 후 10시간이나 지났음에도, 접속 종료를 단 한 번도 하지 않았을 정도로 말이다.

그리고 그것에는 당연히 이유가 있었다.

'아토즈 오빠가 여기서 랭킹 1위 찍겠다고 했지? 헤헤, 절대 못 찍게 만들어 줘야지!'

아토즈를 놀려 먹는 게 지상 과제인 루이사에게, 레벨을 열심히 올리는 이유는 하나뿐이었다.

그것은 바로 한동안 아토즈보다 높은 레벨을 유지하는 것.

여기서 '한동안'이라는 것은, 레벨로 아토즈를 놀리는 게 재미없어질 때까지라고 할 수 있었다.

'오빠는 아마 마법사로 전직했겠지? 마법사 지망은 지팡이 들고 고생한다고 들었는데, 아직 전직도 못 했으려나? 히히히!'

그래서 루이사는 잠시 쉴 겸 아토즈를 만나러 가 보기로 결심했다. 지금쯤 10레벨 정도일 게 뻔한 아토즈를 한 번 놀려 준다면, 레벨 업하는 재미가 더욱 쏠쏠해질 테니까.

-'아토즈'유저에게 친구 신청을 보냈습니다.

하지만 그녀의 그 계획은, 시작부터 막힐 수밖에 없었다.

-응답이 없습니다.
-다시 신청하시겠습니까?

친구 신청을 보내고 메시지를 보내 봐도, 아토즈는 묵묵부
답이었으니 말이다.
"뭐야, 이러면 재미없는데……."
입술이 삐죽 나온 루이사의 미간이 조금 좁아졌다.
그런데 다음 순간.
띠링-!

-'아토즈' 유저가 친구 신청을 수락했습니다.

떠오른 메시지와 함께, 루이사의 두 눈은 휘둥그레질 수밖
에 없었다.

-아토즈 / 마법사 / Lv 17

친구 목록에 떠오른 아토즈의 레벨은, 무려 자신과 같은

17레벨이었으니 말이다.

데몬 고블린 제사장은 강했다.

현자의 탑에 봉인되어 있는 이안의 본캐(?)라면 손짓 한 번에 잿더미로 만들 수 있는 잡몹에 불과하겠지만, 이제 19레벨인 지금의 이안에게는 최상급 레이드 보스를 사냥할 때 이상의 난이도였다.

'진짜 지옥 같은 퀘스트였지. 우리 토즈 안 데려왔으면 어쩔 뻔했어?'

하지만 결과적으로 이안은 녀석을 처치하는 데 성공했다.

비록 그 과정에서 고비도 여러 번 넘겨야 했지만, 어쨌든 성공해 낸 것이다.

그리고 어려운 퀘스트에는 항상 그만한 보상이 따르는 게 카일란의 법칙.

띠링-!

-'데몬 고블린 제사장'을 성공적으로 처치했습니다!

-'인페르널 우드 스태프(영웅)' 아이템을 획득하였습니다.

-'데몬 고블린 궁사의 활(유일)' 아이템을 획득하였습니다.

-'데몬 고블린 전사의 방패(유일)' 아이템을 획득하였습니다.

-'데몬 아이언 광석' 아이템을 획득하였습니다.

……후략……

제사장을 처치하고 이안이 얻은 아이템들은, 도저히 서버 오픈 첫날에 얻을 수 있는 수준의 아이템들이 아니었던 것이다.

'인페르널 우드 스태프? 이거 뭐야? 영웅 등급이라고?'

그래서 이안은 기분이 너무 좋았다.

한국 서버에서라면 바닥에 떨어져 있어도 안 줍는 허접한 아이템이지만, 이 베리타스 서버에서는 지금 시점 최고의 장비였으니까.

'지팡이라 당장 쓸 것 같지는 않지만……'

이안은 제사장 지팡이의 정보를 보면서, 절로 흐뭇한 미소를 지을 수밖에 없었다.

'마법 대미지도 상급으로 붙은 것 같고. 레벨 제한도 33이면 아주 양호하네. 상품성이 상당히 좋군.'

아마 경매장 오픈 직후에 판매한다면, 현금으로 수천만 원 상당을 지불해 가며 사려는 사람도 존재할 터였다.

신규 서버에서 초반에 치고 나가는 것은 그만한 가치가 충분히 있었다.

'데몬 고블린 궁사의 활은 내가 바로 쓰면 되겠어. 지팡이에 비해서는 아쉽지만 지금 들고 있는 기본 활에 비할 바는

아니지.'

그런데 득템 목록을 쭉 살피던 이안의 눈에 한순간 이채가 어렸다.

'음? 데몬 아이언? 이건 뭐지?'

별로 기대하지 않고 확인한 잡화 아이템의 정보 창이 예상보다 훨씬 흥미로웠으니 말이다.

데몬 아이언 광석

분류 : 잡화(광석)

등급 : 알 수 없음

무게 : 13.7kg

희귀도 : B+

지옥 불만큼 뜨거운 열기를 내뿜는 금속이라 하여, '데몬 아이언'이라는 이름이 지어진 강철의 원석이다.

평범한 대장장이는 가공이 불가능하며, '용암 제련술'을 가진 대장장이 만이 이 금속을 가공할 수 있다.

만약 '데몬 아이언'으로 무기를 제작한다면 강력한 화염 공격력을 담을 수 있을 것이다.

*제작자의 능력에 따라, 가공된 이후 금속의 등급이 정해집니다.

*1차 가공하여 '데몬 아이언'으로 제련한 뒤 장비 제작에 사용할 수 있습니다.

카일란에서 광석의 희귀도 'B+' 등급은 그렇게까지 희귀한 등급이라고 할 수는 없었다.

B등급부터 평범한 광물상에서 구할 수 없기에 희귀한 편인 것은 맞지만, 그래도 퀘스트를 클리어하거나 사냥을 하다 보면 종종 볼 수 있는 희귀도 등급이 B+였으니 말이다.

그래서 이안이 흥미를 느낀 부분은 이 데몬 아이언의 희귀도 등급이 아니었다.

그의 눈에 들어온 것은 바로, '제작자의 능력에 따라 금속의 등급이 정해진다'는 부분이었던 것이다.

'B+ 희귀도 광물에 이 옵션이 붙는 경우가 있나?'

이안이 알기로 해당 옵션은 최고급 성능을 가지는 광물에만 간헐적으로 붙는 옵션이다.

높은 희귀도의 광물일수록 가공 난이도가 어렵지만 그에 비례해 포텐셜이 높기 때문.

'게다가 용암 제련술이라는 걸 가진 대장장이만 가공 가능한 금속이라고?'

그래서 이안은 뭔가 촉이 오는 것을 느끼고 있었다.

이 데몬 아이언 광석을 제대로 가공해 내기만 한다면, 정말 괜찮은 장비를 얻을 수 있을지도 모른다고 말이다.

'대박인지 쪽박인지는 까 봐야 알겠지만…… 이런 게 항상 더 재밌는 법이지.'

그래서 히죽 웃은 이안은, 자신과 마찬가지로 인벤토리를 확인 중인 아토즈를 향해 슬쩍 시선을 돌렸다.

"야, 토즈."

"예, 옙?"

"뭐 괜찮은 것 좀 건졌냐?"

그리고 이안의 그 질문에, 아토즈는 행복한 미소를 감추지 못했다.

그렇지 않아도 유일 등급의 '고블린 사제의 지팡이'를 얻은 덕에 기분이 날아갈 것 같은 상황이었으니 말이다.

"다행히 괜찮은 무기를 얻었습니다."

"오호, 그래?"

"한동안 쓸 수 있을 것 같은 스태프를 얻었거든요."

아토즈의 행복한 표정에 장난기가 동한 이안은, 인벤토리에서 슬쩍 '인페르널 우드 스태프'를 꺼내 보였다.

"그거 좋아?"

"네?"

"이거보다 더?"

"……?"

이안의 손에 들린 스태프를 발견한 아토즈는 곧바로 표정이 구겨질 수밖에 없었다.

지팡이의 주변에 흐르는 보랏빛 기류만 봐도 그것이 영웅 등급의 아이템이라는 정도는 유추할 수 있었으니 말이다.

"이거, 마공이 170이나 붙었네."

"······."

"뭐, 나한테는 딱히 쓸 일이 없겠지만, 그래도 기분은 좋구먼."

아토즈는 갑자기 배가 아파 오기 시작했다.

물론 고블린 제사장을 잡는 데 가장 큰 기여를 한 것은 이안이었지만, 그런 사실과 배가 아픈 것은 별개였으니 말이다.

그래서 입술이 삐죽 나온 아토즈를 향해 이안이 지팡이를 살랑살랑 흔들며 다시 입을 열었다.

"토즈, 너 이거 쓰고 싶지?"

"네넵? 그, 그야······."

물론 아토즈에게 아이템을 넘길 생각은 추호도 없었지만 말이다.

"그럼 대여 서비스 어때?"

"네? 대, 대여요?"

"내일부터 일주일 동안 대여. 가격은 하루에 5만 골드. 어때?"

어차피 경매장이 열릴 때까지는 지팡이를 어디 팔아넘길 수도 없다.

그때까지 저렴(?)한 값에라도 아토즈에게 대여해 준다면 이득이 나는 것.

그 뒤에 경매장이 열리자마자 가장 비싼 가격에 팔아치우

면 아주 꿀 같은 수입을 얻을 수 있을 것이라는 게 이안의 계
산이었다.

'뭐 이런 NPC가 다 있어?'

물론 이안의 이 생각지도 못했던 제안에 아토즈는 꿀 먹은
벙어리가 되었지만 말이다.

"싫으면 말든가."

하지만 어이없는 것과 별개로 이것은 아토즈에게 너무 매
력적인 제안이다.

독일 서버의 계정을 삭제하기 전 고가의 장비를 전부 다
현금화한 그에게 사실 돈은 충분히 많았으니 말이다.

거기에 꾸준히 들어오고 있는 영상 수입까지!

'그래, 하루 5만 골드 해 봐야 일주일 35만 골드인데…….
지금 시점에 영웅 등급 지팡이라면, 이 정도 값어치는 충분
히 하는 템이지.'

그래서 아토즈는 이안이 던진 미끼를 냉큼 물어버렸다.

"하, 하겠습니다, 이안 님."

"역시. 잘 생각했어, 토즈."

그리고 아토즈와의 협상까지 만족스럽게 마친 이안은, 퀘
스트 창을 다시 확인해 보았다.

'첫 번째 신화의 탄생' 퀘스트

남은 시간 : 15분 43초

퀘스트 제한 시간은 이제 15분밖에 안 남았지만, 이제 구석에 쓰러져 있는 다르킨을 들쳐 메고 필드를 벗어나기만 하면 퀘스트는 클리어다.

그래서 이안은 여유로웠다.

붉은 바위 봉우리를 벗어나는 데에는, 5분이면 충분했으니 말이다.

"자 이제 나갈까?"

"넵, 이안 님."

이안은 봉우리를 나가는 동안에도, 데몬 고블린을 발견하면 악착같이 처치하고 지나갔다.

아직 퀘스트가 끝나지 않은 덕에, 데몬 고블린들의 경험치는 두 배로 적용되었으니 말이다.

　－데몬 고블린을 처치하였습니다!

　－데몬 고블린을…….

그리고 이렇게 알뜰하게 퀘스트를 전부 활용한 결과.

띠링－!

-붉은 바위 봉우리를 벗어납니다.

-퀘스트 조건이 충족되었습니다.

-'첫 번째 신화의 탄생' 퀘스트를 성공적으로 완수하였습니다.

　이안은 신규 서버에서 받은 첫 번째 퀘스트를 아주 깔끔하게 완수할 수 있었다.

-클리어 등급 : A+

-신력을 1포인트만큼 획득하였습니다.

-클리어 등급에 비례하여 경험치를 획득합니다.

-클리어 등급에 비례하여 골드를 획득합니다.

……중략……

-신격, '이안'의 첫 번째 신화가 만들어집니다.

-'이안'의 플레이 데이터와 퀘스트의 내용에 의거하여 신화의 이름과 등급이 설정됩니다.

-신화, 〈붉은 바위 봉우리의 전설〉이 탄생했습니다.

-신화 분류 : 탄생 설화

-신화 등급 : D+

-신화가 알려질수록 신격의 경험치가 상승합니다.

-첫 번째 신화를 획득하여 '신격'시스템이 활성화됩니다.

-이제부터 '신격'의 상태 창을 확인할 수 있습니다.

……중략……

-첫 번째 신화의 조력자로, 유저 '아토즈'가 등록되었습니다.

　-유저 '아토즈'를 첫 번째 사도로 삼을 수 있습니다.

　……후략……

　퀘스트 완료와 함께 쏟아진 메시지 폭탄에 이안은 한동안 선 자리에서 말이 없었다.

　"저기, 이안 님? 빌려주신다던 스태프는 언제……?"

　그리고 잠시 후.

　"흠……!"

　이안의 앞에서 쭈뼛거리던 아토즈를 향해 이안이 꺼낸 첫 마디는 바로 이것이었다.

　"야, 토즈."

　"넵……!"

　"너, 내 사도할래?"

　"네에……?"

✕✕

　빛 한 점 들어오지 않는 어둠 속.

　태초의 어둠과도 같은 까만 공간 안으로, 아주 작게 반짝이는 빛을 품은 물방울이 천천히 스며 들어왔다.

　마치 화롯불에 남은 작은 불씨처럼, 붉은 빛깔의 기운을

담고 있는 작은 물방울.

그것은 하늘에서부터 천천히 떨어져 내려오더니 이윽고 어둠에 잠긴 거대한 첨탑의 꼭대기에 천천히 스며들었다.

우우웅-!

붉은 빛이 스며들자 어둠 속에 잠들어 있던 첨탑이 눈을 떴다.

정확히는 수많은 첨탑들 사이에 솟아 있는 하나의 첨탑 주변으로, 붉고 어스름한 기운이 맴돌기 시작한 것이다.

화륵-!

마치 불길처럼 한차례 크게 타오른 불빛은 이내 다시 꺼졌고, 첨탑의 지붕 한쪽에 붉은 문양이 수놓였다.

-신화가 탄생했습니다.

-초월자 이안의 '신격'이 깨어났습니다.

문양은 추상적인 형태였지만, 분명 하나의 이미지를 형상화하고 있었다.

그것은 바로 피를 갈구하는 사나운 늑대의 형상이었다.

-초월자 '이안'의 신화에 등장할 첫 번째 '신수'의 봉인이 해제됩니다.

어둡고 조용한 공간 안에서 나직한 시스템 메시지가 울려 퍼졌다.

이것은 현자의 탑 NPC를 제외하고는 그 누구도 들을 수 없는 무미건조한 기계음.

　-신이 없는 세계 베리타스에, 신수 '라이'와 관련된 설화가 발생합니다.
　-'설화'의 발생으로 해당 설화와 관련된 퀘스트가 생성됩니다.
　-'설화'의 발생으로 해당 설화와 관련된 아이템이 생성됩니다.
　……후략……

그리고 이 메시지들이 사라지자마자 현자의 탑에 누군가의 칼칼한 목소리가 낮게 울려 퍼졌다.

"드디어…… 시작되었군."

그 목소리의 주인공은 바로 억겁의 세월 동안 이 현자의 탑을 지켜 온 한 고룡.

"'그'가 자신의 첫 번째 설화를 언제 회수할 수 있을지…… 몹시 기대되는군그래."

그 고룡 앞에 나타난 메시지는 진정한 신이 되기 위한 이안의 여정에 첫 번째 발자국이 찍혔음을 알리는 신호탄이었다.

'첫 번째 신화'를 달성한 이후.
가장 먼저 이안의 눈이 띈 것은 '신격'의 상태 창이었다.

신격

상태 : 반신(Demigod)

레벨 : 1(0%)

신력 : 2 / 성장률(13%)

*성장률이 100%가 되면, 신력이 1포인트 상승합니다.

−보유 중인 신화

〈붉은 바위 봉우리의 전설〉

−상세 정보

신화로 인한 효과

모든 능력치 +1

악마(Demon) 타입 몬스터에게 입히는 모든 피해량 +3%

보유 중인 사도 : 없음

보유 중인 신도 : 1명

보유 중인 신전 : 없음

보유 중인 신관 : 없음

보유 중인 신수 : 없음

……후략……

상태 창에도 명시되어 있듯 아직 이안은 신이 아니다.

다만 신이 되기 위한 길을 걷기 시작한 반신 정도의 존재일 뿐.

그래서 이 신격 상태 창이 생성되기 전까지, 이안은 그냥 부캐를 키우는 기분이었다.

그러나 이제는 조금 달라졌다.

정확히는 실감이 나기 시작했다고 해야 할 터였다.

'이거, 콘텐츠 볼륨이 생각보다 상당한데?'

물론 아직까지 상태 창 자체는 심플한 편이었다.

초기화된 이안의 캐릭터 상태 창만큼이나 말이다.

하지만 중요한 것은 상태 창 내의 모든 요소들에 확장 가능성이 무궁무진해 보인다는 점.

그중에서도 가장 처음 눈에 띄는 것은 바로 '사도' 시스템이었다.

–첫 번째 신화의 조력자로 유저 '아토즈'가 등록되었습니다.
–유저 '아토즈'를 첫 번째 사도로 삼을 수 있습니다.

신전이나 신관, 신수 등은 어떻게 얻을 수 있는지 아직 알 수 없었다.

하지만 '사도'는 지금이라도 당장 얻을 수 있는 듯했다.

시스템 메시지에 명시된 '아토즈'가 제안을 수락하기만 한다면 말이다.

그래서 이안은 사도와 관련된 정보부터 쭉 읽어 보기 시작하였다.

'신화의 조력자만 사도로 등록할 수 있는 건가? 그나저나 아토즈라…… 확실히 괜찮은 카드지.'

그리고 더욱 흥미가 동하기 시작했다.

'가신이랑은 또 다른 것 같은데…….'

'사도' 시스템은 무척이나 재밌는 것이었다.

사도의 주인이나 다름없는 '신'은 실시간으로 그의 모든 정보를 열람할 수 있었으며, 언제 어디서든 사도에게 퀘스트를 하사할 수 있고.

심지어는 사도에게 권능을 한 가지 하사할 수도 있었다.

여기서 '권능'이란 신이 가지고 있는 신력에 비례하여 강력해지는, 일종의 '스킬'이라고 할 수 있었다.

'이거 흥미롭네.'

게다가 여기서 끝이 아니었다. 사도의 활약은 신격이 높아지는 데에 무척이나 중요한 것이었으니까.

사도가 많은 업적을 쌓고 명성이 높아질수록 그가 모시는 신의 신격 레벨이 올라가는 구조였던 것이다.

게다가 사도에게 하사한 권능을 사도가 많이 사용할수록 신이 가진 신력도 점점 더 성장하는 시스템이기도 했으니.

'사도'는 이 '신격' 시스템에서 무척이나 중요한 부분이라고 할 수 있었다.

"야, 토즈."

"넵……!"

"너, 내 사도할래?"

"네에……?"

그래서 이안은 지금 눈앞에 있는 아토즈야말로, 자신의 첫 번째 '사도'로서 아주 적합한 재목이라고 생각했다.

뉴비들만으로 가득한 이 신규 서버에서, 아토즈만 한 실력자를 구하는 건 하늘의 별따기라고 할 수 있으니 말이다.

'게다가 성실하기도 하고…….'

물론 유저가 아닌 NPC를 사도로 삼을 수도 있다.

다음 〈신화〉가 어떤 식으로 언제 진행될지는 아직 모르지만, 그때 NPC를 조력자로 대동한다면 말이다.

하지만 지금 이안의 레벨에서 만날 수 있는 NPC들이 이안의 눈에 찰 리는 없었다.

카이자르, 헬라임 같은 가신들을 거느리고 있던 이안의 눈에, 100레벨도 안 되는 NPC들은 너무 오합지졸로 보였던 것이다.

'그나저나 내 가신들은 잘 지내고 있으려나……?'

이안의 본체(?)와 함께 현자의 탑에 봉인된 소환수들과 달리 원래의 차원계에 남아있는 가신들.

이안은 로터스 길드 남아 활약 중인 가신들을 잠시 떠올렸지만 곧 상념을 지우고 다시 아토즈를 향해 시선을 옮겼다.

지금은 눈앞에 있는 아토즈에게 족쇄(?)를 채우는 게 급선무였으니 말이다.

"사⋯⋯도가 뭡니까?"

아토즈의 반문에 이안은 대답 대신 곧바로 행동으로 보여 줬다.

띠링-!

–'입신의 길을 걷는 자'가 자신의 사도가 될 것을 제안합니다.

–사도가 된다면 추종하는 신으로부터 직접 '신탁'을 받을 수 있습니다.

–사도가 된다면 추종하는 신으로부터 '권능'을 하사받을 수 있습니다.

⋯⋯중략⋯⋯

–'사도'가 된다면 일정 기간(30일) 동안 사도이기를 포기할 수 없습니다.

–한 번 '사도'이기를 포기한다면 일정 시간(30일) 동안 어떤 신의 '사도'도 될 수 없습니다.

–'사도'이기를 포기한다면, 신으로부터 얻은 모든 것들을 전부 잃게 됩니다.

–'반신(Demigod) 이안'의 사도가 되겠습니까?

뜬금없이 떠오른 시스템 메시지들에 아토즈는 순간적으로 당황할 수밖에 없었다.

   일단 이안의 정체에 경악했으며…….

   '뭐야? 이놈. 반신……이라고? 그렇게까지 대단한 놈이었어?'

   아직 이 '사도'라는 것이 뭔지 정확히 알 수는 없었지만, 지금까지 카일란이라는 게임을 하면서 처음 보는 시스템인 것만큼은 확실했으니 말이다.

   '이거, 아무래도 히든 피스인 것 같은데……?'

   그래서 아토즈는 메시지의 정보들을 꼼꼼히 확인했다.

   '권능은 스킬 비슷한 개념인 것 같고, 신탁은 퀘스트랑 비슷해.'

   하지만 고민은 길지 않았다.

   "하겠습니다."

   "정말?"

   사실 지금까지 단 한 번도 알려지지 않은 이런 콘텐츠를 거절하는 유저는 카일란의 어디에도 존재하지 않았으니까.

   "열심히 할 거지?"

   "무, 물론입니다. 지금까지 보시지 않았습니까."

   "흠, 믿어 본다."

   잃을 것도 딱히 없다.

   시스템 메시지에 의하면 한번 사도가 된다고 해서 완전히 낙장불입도 아니었다.

'정 마음에 안 들면, 30일 뒤에 포기하지, 뭐.'

게다가 무려 '반신(Demigod)'이란다.

반신이라는 게 무엇인지 정확히는 모르지만, 분명한 건 귀족이나 왕족급 NPC보다도 상위일 터.

때문에 이안이 유저라는 진실을 모르는 한 아토즈의 이러한 선택은 너무도 당연한 것이었다.

카일란에서 강력한 NPC와의 친분을 쌓는 것은 여러모로 큰 도움이 되니까.

이안 덕분(?)에 방금까지 얼마나 고생했는지는 벌써 잊어버린 아토즈였다.

띠링-!

　

－반신 '이안'의 사도가 되었습니다!

　

그리고 아토즈가 이 결정을 내린 순간, 이안은 회심의 미소를 짓고 있었다.

'흐흐. 아주 좋군.'

　

－유저 '아토즈'를 첫 번째 사도로 임명하였습니다.

－사도의 활약에 따라, 신격의 경험치가 증가합니다.

이로써 아토즈에게, 아주 확실한 족쇄를 채운 셈이 되었으니까.

　－사도 '아토즈'의 클래스는 '마법사'입니다.
　－사도 '아토즈'에게 '권능'을 한 가지 하사할 수 있습니다.
　－권능을 하사할 시 신력이 1포인트 소모됩니다.
　－권능은 사도의 클래스와 신격의 성격에 의거하여 랜덤으로 생성됩니다.
　－사도의 '권능'은 모시는 신의 신력에 비례하여 그 위력이 강해집니다.
　－사도가 '권능'을 사용할 때마다 모시는 신의 신력이 조금씩 성장합니다.
　……후략……

"좋아. 아토즈, 잘 부탁해."
"저, 저야말로 잘 부탁드립니다."
동상이몽의 가운데서 일단은 훈훈한 분위기를 만들어 내고 있는 두 사람!
그런데 이안을 잠시 지켜보던 아토즈는 잠시 후 고개를 갸웃하며 다시 입을 열 수밖에 없었다.
"그런데 이안 님."
"응?"

"이거로 끝입니까?"

사도가 되면 뭔가 이것저것 다음 스텝이 생길 줄 알았는데, 새로운 콘텐츠를 탐구 중인 이안은 멀뚱히 서 있기만 했으니 말이다.

"뭐가?"

"그, 신탁이라든가…… 아니면 뭐, 권능이라든가…… 그런 건 없습니까?"

그래서 열심히 시스템 설명을 읽고 있던 이안은 조금 당황했다.

하지만 이럴 때일수록 뻔뻔해야 하는 법이었다.

"잠깐만 기다려 봐. 나도 신은 처음이라서."

"네……?"

"좋아. 권능? 그것부터 한번 해 보자."

"……."

아토즈는 분명히 뭔가 이상함을 느끼고 있었지만, 이안이 워낙 뻔뻔하다 보니 다른 어떤 의심을 할 수는 없었다.

'신이라는 놈이 뭔가 어설픈 느낌인데…….'

그리고 아토즈가 고개를 갸웃하고 있던 그때.

띠링-!

그의 눈앞에 새로운 시스템 메시지가 다시 떠올랐다.

-'반신 이안'으로부터 권능을 하사받았습니다.

-권능 '신수 소환'을 습득했습니다.

"오……!"

메시지를 확인한 아토즈의 입에서 반사적으로 탄성이 새어 나왔다.

뭔가 '권능'이라는 것의 이름부터, 그럴싸해 보였기 때문이었다.

'신수라고? 바로 한번 사용해 볼까?'

하지만 다음 순간.

우우웅-!

아토즈의 표정은 저도 모르게 구겨질 수밖에 없었다.

　-권능 '신수 소환'을 사용했습니다.

　-신수 '???'가 소환되었습니다.

눈앞에 나타난 신수라는 녀석은 어떤 전투 능력도 없는 작은 불덩이에 불과했으니 말이다.

"이거…… 맞습니까?"

아토즈의 물음에, 이안이 뒷머리를 긁적였다.

"맞을걸."

"……."

"기다려 봐. 내가 아직 초짜라 그래."

"……."

아토즈는 처음으로 자신이 뭔가 큰 실수를 한 건 아닌지 심각히 고민하기 시작하였다.

❉

아토즈를 사도로 임명한 뒤.

이안은 잠시 그와 헤어졌다.

개인적으로 정리할 것들이 좀 있었으니 말이다.

"너, 볼일 좀 보고 있어."

"이안 님께선……."

"필요하면 부를게."

"어떻게 부르십니까?"

"신탁 내리면 돼."

"아……!"

'일단 다르킨, 이놈을 자경단에 배달부터 좀 해야겠어. 그러면서 퀘스트 보상도 받으면 동선을 아낄 수 있겠지.'

아토즈는 20레벨이 되어 전직한 이후 다시 부를 생각이었다.

그가 도망(?)갈 염려는 없었다.

퀘스트 시스템으로 엮인 단단한 채무 관계도 채무 관계였지만, 이제는 확실한 '족쇄'까지도 채웠으니까.

저벅저벅.

이안은 다르킨을 등에 들쳐 멘 채, 자경단에 가장 먼저 들렀다.

탈출 과정에서 기절한 다르킨은 아직도 깨어나지 않은 상태였다.

"음……? 아니, 다르킨! 다르킨이 어째서 자네의 손에……?"

"붉은 바위 봉우리에 잡혀 있던데요?"

"헉! 그게 정말인가?"

"데몬 고블린들로부터 구해 왔습니다."

"그럴 수가! 데몬 고블린들은 정말 강력한데……?"

당번을 서고 있던 자경단원은 이안이 데려온 다르킨을 보고 화들짝 놀랐다.

하지만 이안의 관심사는 다르킨이 아니었다.

퀘스트가 다 끝난 마당이니 사실 다르킨이야 어찌 되든 알 바 아니었고.

자경단에서 받아갔던 퀘스트들에 대한 보상을 일시에 수령하는 것이 더 중요한 일이었으니 말이다.

"수행한 임무들을 보고하러 왔습니다."

"조, 좋아. 보상을 내주도록 하지."

─자경단원 '루터'와의 친밀도가 10만큼 상승합니다.

'퀘스트 경험치 보상으로 20레벨이 됐으면 좋겠는데…….'

띠링-!

   -퀘스트를 완수하였습니다!

   -자경단에 공헌도가 5만큼 증가했습니다.

   -경험치를 획득합니다!

   -골드를 획득…….

   ……후략……

그리고 이안은 기대했던 것처럼, 모든 퀘스트 보상을 수령하자 20레벨을 달성할 수 있었다.

띠링!

   -레벨이 올랐습니다.

   -20레벨이 되었습니다.

"좋았어."

이안이 20레벨을 기다렸던 이유는 당연히 전직 때문이었다.

이제는 더 이상 클래스도 없이 사냥을 하는 고통을 느끼고 싶지 않았으니 말이다.

그리고 다행히도.

Taming
Master
테이밍마스터
시즌3

띠링-!
전직 관련 메시지는 이어서 곧바로 생성되었다.

-'테이밍 마스터(신화)' 클래스로의 전직 조건을 충족하셨습니다.
-전직 퀘스트가 발생합니다.

'시작부터 개고생했으니……. 전직 퀘스트는 좀 쉽게 쉽게 넘어갔으면 좋겠는데…….'
마른침을 한차례 집어삼킨 이안은 곧바로 퀘스트 창을 열어 보았다.
그리고 다음 순간.

-'핏빛 갈기 늑대의 전설' 퀘스트를 수령하였습니다.

퀘스트 이름을 확인한 이안의 동공이 천천히 확대되기 시작하였다.

핏빛 갈기 늑대의 전설

뭐에 홀리기라도 한 듯 이안과 주종 관계를 맺은 아토즈였
지만 일단은 마법사 길드로 돌아와야 했다.

'휴, 일단 17레벨까지 배울 수 있는 마법부터 싹 다 배워야
겠어.'

사냥터에 너무 오래 있다 보니 정비할 시간이 필요했던 것
이다.

'어디 보자, 16레벨이 넘었으니 체인 라이트닝은 당연히
배울 수 있겠고……'

카일란에서 30레벨 이전의 마법사는 다양한 속성의 마법
을 배울 수 있다.

본격적으로 하나의 원소 위주로 마법 수련을 시작하는 것

은 30레벨이 되어 길드로부터 '견습 마법사'로 인정을 받은 뒤부터이니 말이다.

그래서 아토즈는 방금 전까지 얼음 계열 마법을 주력으로 사용했었지만, 이제부터는 한동안 전격 계열 마법으로 주력 마법을 바꿀 생각이었다.

그중에서도 '체인 라이트닝'.

20레벨 전후로 최고의 위력을 자랑하는 이 '체인 라이트닝'은 초보 마법사들의 밥줄과도 같은 마법이었으니까.

띠링-!

-'체인 라이트닝' 스킬 북을 획득했습니다.
-'체인 라이트닝' 마법을 습득했습니다.

그렇게 체인 라이트닝을 배우게 된 아토즈는 기분이 한층 더 좋아졌다.

체인 라이트닝을 들고 무너진 신전에서 몬스터들을 쓸어 담으면 이틀 내로 이안에게 빌린 영웅 등급의 지팡이도 사용할 수 있게 될 터였다.

30레벨까지 길게 잡아도 2일이면 충분하다는 말이다.

'2일이 뭐야, 잘하면 24시간 컷일 수도.'

아토즈가 이렇게 자신만만한 데에는 본인의 실력과 체인 라이트닝이라는 마법을 믿기 때문이기도 했지만, 거기에 한 가지 이유가 더 있었다.

그것은 바로 아무런 경쟁 없는 '사냥터 독식'이었다.

'아직 무너진 신전으로 사냥하러 오는 유저는 거의 없겠지. 흐흐!'

전사 클래스 유저 중에는 아토즈와 비슷한 레벨을 달성한 유저도 있을지도 모른다.

하지만 전사 클래스가 제대로 된 광역 딜링 스킬을 배우려면 최소 30레벨은 되어야 할 터.

한 마리씩 끙끙거리며 잡을 20레벨 전후의 전사 클래스들은 아토즈의 경쟁 상대가 될 수 없었다.

체인 라이트닝을 배운 마법사는 같은 레벨대의 그 어떤 클래스보다도 사냥 속도가 빨랐으니까.

그렇게 30레벨대에 올라 영웅 등급 지팡이까지 쓰기 시작한다면……

'랭킹 1위로 굳히기 들어가는 거지, 뭐.'

빠르게 치고 나가 다른 상위권 유저보다 5~10레벨 이상 꾸준히 앞서 나가면서 앞으로도 계속 사냥터를 독식하며 더욱 격차를 벌리는 것이 아토즈의 마스터플랜!

행복한 상상이 이어지자 아토즈가 히죽 히죽 웃었다.

역시 캐릭터 초기화는 아주 괜찮은 선택이었던 것 같았다.

저벅저벅.

걸음을 옮긴 아토즈는 빠르게 마법사 길드를 빠져나갔다.

마법사 길드는 아직까지도 무척이나 한산했다.

아토즈가 17레벨을 달성한 지금까지도 전직 가능한 레벨을 달성한 유저가 거의 없었기 때문이다.

"유후! 드디어 전직이다!"

"우리보다 빨리 전직한 사람도 있을까?"

"글쎄, 다른 클래스는 몰라도 마법사는 없지 않을까?"

그래서 이제 갓 전직한 유저들의 대화를 엿들은 아토즈는 더욱 우쭐한 표정이 되었다.

'쯧, 늦었다고, 친구들.'

이러한 우월감이야말로 랭커가 되려는 가장 큰 이유.

마법사 길드를 나온 아토즈가 그다음으로 들른 곳은 대장간이었다.

이안에게 빌린 지팡이를 착용할 수 있게 될 때까지 임시로 사용할 괜찮은 무기를 하나 구할 필요가 있었으니 말이다.

띠링-!

-'귀한 흑단목 지팡이' 아이템을 구매했습니다!

-'마나의 마법사 로브' 아이템을 구매했습니다!

그리하여 레벨업 노가다를 위한 모든 준비를 끝마친 아토즈!

그는 누군가에게 메시지를 보내는 것도 잊지 않았다.

-아토즈 : 어이, 루이사. 전사 클래스로 아직도 레벨이 그게 뭐야?

　-루이사 : 뭔가 핵이라든가 버그 같은 걸 사용한 건 아니겠지?

　-아토즈 : 흐흐, 그럴 리가. 이 아토즈님의 실력이 이 정도였던 것일 뿐.

　-루이사 : …….

　-아토즈 : 분발하라고, 루이사. 뭐, 그래 봐야 이제부터는 따라오기도 힘들겠지만 말이지. 으흐흐!

　그렇게 모든 할 일(?)을 마친 아토즈는 부푼 꿈을 안고 비장한 표정으로 사냥터에 입장했다.

　띠링-!

　-'무너진 신전'에 입장하였습니다.

　물론 꿈에 부푼 아토즈의 이 야심찬 플랜이 언제까지 계획대로 될지는 두고 봐야 할 일이었지만 말이다.

　처음 소환술사 클래스가 나왔을 때.

　'핏빛 갈기 늑대'를 가장 먼저 얻은 사람은 바로 이안이었다.

여타 소환수들과 달리 '핏빛 갈기 늑대'는 '진화'를 통해서만 얻을 수 있는 소환수였고.

늑대 종 소환수의 '진화' 자체를 가장 먼저 성공한 사람이 바로 이안이었으니 말이다.

게다가 당시에는 몰랐던 사실이었지만 회색 늑대를 진화시킨다고 해서 누구나 '핏빛 갈기 늑대'를 얻을 수 있는 것도 아니었다.

진화 전 회색늑대의 잠재력 조건과 성격, 거기에 능력치 분배까지.

모든 조건이 충족된 상태에서도 낮은 확률로 진화 가능한 개체가 바로 '핏빛 갈기 늑대'였던 것이다.

얼핏 보면 '붉은 갈기 늑대'와 비슷한 종으로 오해받을 수도 있지만, '붉은 늑대'를 진화하면 어렵지 않게 얻을 수 있는 붉은 갈기 늑대와는 완전히 다른 종이 바로 핏빛 갈기 늑대.

그 때문에 핏빛 갈기 늑대는, 콜로나르 대륙에서도 흔치 않은 소환수였다.

'핏빛 갈기 늑대라……. 진짜 오랜만에 보는 이름이네.'

그래서 이안은 퀘스트의 이름을 확인한 순간 멈칫할 수밖에 없었다.

'핏빛 갈기 늑대'라는 이름 자체가 반갑기도 했지만, 그와 별개로 위화감이 드는 것도 사실이었으니 말이다.

'그나저나 노비스 쉘터 주변은 늑대종이 서식하지도 않는 거로 봤는데…….'

보통 마을 주변에 서식하는 몬스터의 종류는 자경단의 퀘스트 목록을 보면 거의 다 알 수 있다.

그리고 노비스 쉘터의 자경단에는 늑대 종족과 관련된 퀘스트가 단 하나도 없었다.

그런데 늑대조차 출몰하지 않는 지역에서 이렇게 희귀한 특정 늑대종의 이름이 퀘스트에 등장한다?

이안으로서는 합리적인 의심이 가능한 상황이었다.

'혹시…… 테이밍 마스터 클래스와 관련이 있는 건가?'

여기까지 생각이 미치자 이안의 궁금증은 더욱 증폭되었다.

지금의 이안이 일반 유저들과는 완전히 다른 상황이라는 점까지 감안했을 때.

퀘스트에 대해 정말 다양한 추측이 가능했으니 말이다.

하지만 그런 추측들에 앞서, 퀘스트의 내용을 확인해 보는 것이 당연히 먼저였기에.

이안은 망설임 없이 퀘스트 창을 오픈하였다.

띠링-!

핏빛 갈기 늑대의 전설

붉은 바위 봉우리에는 오래전부터 하나의 설화가 내려온다.

이 베리타스가 신들로부터 버림받기 전.

그러니까 아주 오래전 '데몬(Demon)'들이 봉우리를 점령하기 이전부터,

이곳 붉은 바위 봉우리를 수호하던 수호신수 핏빛 갈기 늑대와 관련된

설화가 전해져 내려오는 것이다.

당시 베리타스의 수많은 소환술사들은 이 붉은 갈기 늑대를 소환수로

부리고 싶어 했다고 한다.

그 이유는 바로 이 핏빛 갈기 늑대가 신화적인 늑대종인 '펜리르'의 핏줄

이라고 알려졌기 때문.

사실 '핏빛 갈기 늑대'보다 강력한 소환수는 대륙에 수없이 많았지만, 신

화 속 '펜리르'의 핏줄을 가진 늑대는 발견된 적 없었고.

그래서 많은 뛰어난 소환술사들이 이 '핏빛 갈기 늑대'를 테이밍하기 위

해 노력했다고 한다.

······중략······

베리타스의 그 어떤 소환술사도 테이밍하지 못했던 특별한 소환수 '핏

빛 갈기 늑대'.

그의 흔적을 찾아내는 데에 성공한다면 소환술사로서 당신의 능력이 특

별함을 증명하는 데 충분할 것이다.

'붉은 바위 봉우리'어딘가에 있을 '핏빛 갈기 늑대'의 흔적을 찾아내 보

도록 하자.

이후 소환술사 길드로 찾아간다면, 길드 마스터 '세인'이 당신의 전직을

도와줄 것이다.

퀘스트 난이도 : A

퀘스트 창을 전부 확인한 이안의 눈이 반짝였다.

퀘스트의 내용만으로 확실하게 알 수 있는 부분은 많지 않지만, 그래도 꽤 많은 부분 긍정적인 정보가 담겨 있었으니 말이다.

'펜리르의 핏줄이라······. 역시 우리 라이 얘긴 것 같은데?'

회색 늑대부터 진화를 시작하여 무려 늑대 종 최강의 소환수 중 하나인 '소버린 펜리르'로 진화했던 라이.

이런 케이스는 카일란을 통틀어도 공식적으로는 라이밖에 없었고, 그래서 퀘스트 내용에 담긴 히스토리는 누가 봐도 라이의 그것이었다.

때문에 이안의 머릿속에서는 나름 합리적인 행복 회로가 가동되기 시작했다.

그것은 바로…….

'혹시 이 퀘스트를 클리어하고 나면, 차원 건너편에 있는 우리 라이를 데려올 수 있는 게 아닐까?'

무려 라이 버스를 탈 수 있을지도 모른다는 기대였다.

'그렇게만 된다면……!'

지금 이안의 레벨 업은 지옥같이 어려웠다.

클래스 없이, 그러니까 스킬조차 하나 없이.

비기너의 상태로 20레벨까지 올리는 것은 이안에게도 고역일 수밖에 없던 것이다.

하지만 전직과 동시에 라이가 생긴다면?

탈전설급 소환수인 소버린 펜리르를 첫 번째 소환수로 부릴 수 있게 된다면?

'100레벨, 아니, 200레벨대까지도 초고속 하이패스지, 뭐.'

그때부터는 말 그대로 고속도로가 뚫릴 터였다.

"제발……!"

라이의 레벨까지 유지될 것이라는 기대는 처음부터 하지도 않았다.

그런 어마어마한 특전을 줄 생각이었다면, LB소프트에서 애초에 이안의 레벨을 초기화시키지도 않았을 테니 말이다.

하지만 레벨이 1이라고 해도 상관없다.

소버린 펜리르의 레벨이 대충 20정도만 되어도, 어지간한 50레벨 희귀 등급 소환수들은 순식간에 찢어 버릴 파괴력을 가질 테니까.

"라이야, 형이 격하게 보고 싶다……!"

덕분에 행복 회로가 과열되어 버린 이안은, 헐레벌떡 다시 붉은 바위 봉우리로 달리기 시작했다.

방금까지 이곳에서 첫 번째 신화 퀘스트를 진행했기 때문에 필드의 구조는 손바닥 보듯 훤히 꿰뚫고 있었다.

'필드 안에서 내가 못 가 본 구역은 총 다섯 군데. 이 중에서 히든 피스가 있을 만한 맵은……. 두 군데뿐이지.'

띠링―!

―'붉은 바위 봉우리'에 입장하였습니다.

―〈붉은 바위 봉우리의 전설〉 칭호를 보유하고 있습니다.

―모든 '악마(Demon)'타입 몬스터에게 3%의 추가 피해를 입힙니다.

―'붉은 바위 봉우리'필드 안에서 모든 전투 능력이 35%만큼 상승합니다.

……후략……

메시지를 확인한 이안의 입꼬리가 스륵 말려 올라갔다.

'칭호 효과 좋고!'

특정 필드에서의 전투 능력 버프는 칭호 정보에도 따로 표시되어 있지 않던 '히든 스텟'이었기 때문에, 기분이 더욱 좋아진 것이다.

붉은 바위 봉우리는 20레벨이 된 지금도 아직까지 부담스러운 필드였기에, 전투 스텟 35% 상승은 정말 큰 힘이 되어 줄 터.

이안이 필드를 달리며 두 눈을 더욱 날카롭게 빛내기 시작하였다.

＊＊＊

붉은 바위 봉우리 안에서 이안이 퀘스트 필드일 확률이 가장 높다고 생각한 곳은 바로 '고대인의 유산'이라는 서브 필드였다.

해당 필드의 정확한 필드의 명칭은 다음과 같았다.

　－붉은 바위 봉우리 7-3 (잊힌 고대인의 유산)

카일란에서는 단일 맵으로 구성된 필드가 아닌 이상 모든 맵에는 넘버링이 되어 있다.

그리고 이 고대인의 유산이라는 필드처럼 '-3'과 같은 숫자가 추가로 붙어 있는 경우가 있는데.

이것은 메인 루트에서 거치지 않는 서브 필드를 의미하는 것이었다.

그래서 7-3이라는 넘버링은, '붉은 바위 봉우리' 메인 루트의 7번째 맵을 통해 갈 수 있는 서브 필드라는 이야기.

이러한 카일란의 기본 상식에 대해 너무 잘 알고 있는 이안은 조금도 헤매지 않고 곧바로 필드에 도착할 수 있었다.

띠링-!

-'잊힌 고대인의 유산' 필드에 입장하였습니다.

'자, 일단 들어오긴 했는데…….'

필드를 둘러본 이안은 마른침을 꿀꺽 삼켰다.

서브 필드의 특성상 붉은 바위 봉우리의 메인 루트보다 더 강력한 몬스터들이 등장할 확률도 있었고.

어떤 위험한 트릭이나 함정 같은 것이 존재할 수도 있었으니까.

그래서 무턱대고 필드에 뛰어 들어가는 것은 너무 위험한 일이다.

이안이 필드 권장 레벨에 맞는 30레벨대의 스펙을 가지고 있었다면 무식하게 플레이해도 상관없겠지만 말이다.

'핏빛 갈기 늑대의 흔적을 찾으라니……. 조금 막막하긴 하지만 일단 한번 해 볼까?'

이안은 머릿속으로 몇 가지 가설을 세워 보았다.

핏빛 갈기 늑대의 흔적이라는 것이 과연 어떤 방식으로 존재할 수 있을지에 대해 말이다.

'어떤 고대의 NPC를 유령처럼 만날 수도 있겠고. 늑대의 발톱이나 갈기 같은 부산물이 유적 안에 남아 있을 수도 있겠고…….'

이안은 열심히 머리를 굴리며 필드 안쪽으로 천천히 진입하였다.

재밌는 것은 다른 붉은 바위 봉우리와 달리 필드 몬스터들이 '야수형'이라는 점이었다.

'데몬'이라는 수식어가 붙은 멧돼지부터 시작해서 여우, 늑대까지.

고블린들이 주요 몬스터였던 다른 필드와는 확실히 다른 분위기인 것이다.

'시간은 아껴야 하니 전투는 최소화하고…….'

당장 이동 경로 안에 보이는 몬스터들을 사냥하면서 움직이는 게 경험치도 올릴 수 있다.

당연이 그쪽이 더 효율적인 플레이라고 생각할 수도 있겠지만 그건 사실 착각이다.

전직 후와 전직 전의 레벨 업 속도는 차원이 다를 것이기 때문에 최대한 빨리 전직 퀘스트부터 클리어하는 게 맞는 것이다.

그래서 이안은 자신의 가설을 기반으로 맵을 샅샅이 뒤지기 시작했다.

띠링-!

　-'고대 소환술사의 기록서' 아이템을 발견했습니다.
　-'고대 소환술사의 기록서' 아이템을 읽어 보시겠습니까?

'음, 이건 아닌 것 같고…….'

　-'회색 갈기 늑대의 봉인석' 아이템을 획득하셨습니다.

'아니, 회색 갈기 말고!'

　-'고대 전사의 낡은 철갑' 아이템을 발견했습니다.
…….

'젠장…….'
그렇게 시간이 얼마나 흘렀을까?
'후우, 미치겠네.'
이렇게 꼼꼼히 필드 탐색을 진행하던 이안은 한 가지 사실
을 깨달을 수 있었다.
'젠장, 뭔가 잘못됐어.'
이번 퀘스트는 일반적인 수색 퀘스트와 완전히 다른 성격
을 가진, 아주 별난 퀘스트라는 사실을 말이다.

베리타스 서버가 열린 지, 만으로 2일이라는 시간이 흘렀다.

　하지만 시간이 지나도 베리타스에 대한 유저들의 관심은 조금도 식을 줄을 몰랐다.

　그것은 단순히 신규 서버가 완전히 새로운 콘텐츠이기 때문만은 아니었다.

　어느 정도 유저들이 고인 기존 서버들은 서버 내의 구도가 사실상 고착화되어 있었는데, 이와 달리 신규 서버는 한 치 앞을 알 수 없는 다이내믹한 구도였으니 말이다.

　누가 이 베리타스의 최강자가 될 것인가?

　어떤 길드가 베리타스에서 최고의 길드가 될 것인가?

　그리고 인간 진영과 마족 진영의 대립 구도는 앞으로 어떻게 흘러갈 것인가?

　2일이 지난 지금까지도 이러한 질문들에 대한 답은 아무도 알 수 없었고, 그래서 유저들은 흥미진진하게 오늘도 베리타스를 지켜보고 있었다.

　그리고 상황이 이렇다 보니, 커뮤니티 활동을 하는 베리타스 서버의 유저들 중 상위권으로 짐작되는 레벨을 가진 유저들에게는 모두의 관심이 더욱 쏠리는 게 당연하였다.

　이들이 향후 베리타스 서버의 구도를 결정할 요주의 인물들이 될 테니 말이다.

-님들, 지금 궁사 클래스 최고 레벨이 몇이죠?

-지금 궁사 1위 카누 님 아님?

-카누 님 랩 몇인데요?

-1시간 전쯤 올라온 스샷 상으로는 21레벨이더라고요.

-와, 진짜 개빠르네. 벌써 21레벨이라고요? 궁사가?

-전사 클래스는 23레벨도 있을걸요.

-헉. 그건 누구?

-독일 유저는 아니었어요. 아이디가 '라이너'였나.

-아니 지금 20레벨대인 놈들은 48시간 동안 잠을 안 잔 거임?

-그런 사람도 아마 있겠죠. 그래서 아직 최고 레벨 보는 의미가
별로 없어요.

-음? 왜요?

-아예 안 자면서 플레이하는 유저들은 결국 잠자는 시간 잘 분
배해 가면서 플레이하는 실력자들한테 역전당할 테니까요.

-그나저나 아토즈는 지금쯤 몇 레벨이려나. 궁금하네.

-마법사들 상위 그룹이 오전쯤에 전직 끝났죠?

-ㅇㅇ 맞음. 상위권이 한 14~15레벨 정도 되는 것 같던데.

-그럼 아토즈는 한 17레벨쯤 되려나.

그리고 이렇게 베리타스 랭커들의 현황에 관심이 많은 사

람들 중에는 당연히 랭커인 당사자들도 포함이 되어 있었다.

독일 서버의 전사 유저 '루이사' 또한 한숨 자고 일어나서 바로 확인한 것이 베리타스 서버의 게시판이었으니 말이다.

'토즈 오빠가 17레벨? 웃기는 소리, 오전에 이미 20레벨을 넘겼는데.'

루이사는 지금 22레벨이었다.

현재 커뮤니티에 알려진 전사 클래스 최고레벨이라는 23레벨보다 1레벨 뒤쳐진 수준.

하지만 그녀는 방금 5시간 정도 자고 일어난 상황이었고, 그래서 뒤쳐졌다고 하기도 애매했다.

위이잉-

-홍채 인식 완료. '루이사' 님. 카일란의 세계에 오신 걸 환영합니다.

-베리타스 서버에 접속합니다.

루이사는 간단히 샌드위치로 요기한 후, 곧바로 캡슐로 들어가 게임에 접속하였다.

그녀는 원래 이렇게까지 치열하게 게임을 하는 타입은 아니었지만, 이번에는 확실한 동기가 있었다.

'토즈 오빠보다는 무조건 레벨을 높여 놔야 해.'

아토즈보다 더 높은 랭킹을 달성한 뒤 그를 놀려 주는 것이 루이사의 지상 과제였던 것이다.

'어디 보자, 지금쯤 오빠는 몇 레벨이려나?'

친구 목록을 오픈하자 목록에 등록되어 있는 유일한 유저 네임이 눈에 들어왔다.

–아토즈 / 마법사 / Lv25

이어서 아토즈의 레벨을 확인한 루이사는, 아랫입술을 잘 근잘근 깨물 수밖에 없었다.

'이대로는 안 되겠어. 무리해서라도 위험한 사냥터를 돌아 야 저 오빠 레벨을 따라잡을 수 있을 거야.'

마법사의 사냥 스타일은 보통 몬스터 숫자가 많고 레벨대 는 낮은 곳에서 광역 마법을 사용하여 몰이사냥을 하는 것 이다.

하지만 마법사와는 달리 초반에 광역 스킬이 없다시피 한 전사 클래스가 빠르게 레벨 업을 하기 위해서는 위험하고 강 력한 몬스터들을 하나씩 잡아 내는 게 효과적인 방법.

'붉은 바위 봉우리로 갈까? 아냐. 여기는 몬스터 숫자가 너무 많아.'

그래서 결국 루이사가 선택한 사냥터는 바로 '타락한 거인 의 숲'이었다.

대략적인 맵의 위치와 주변 환경을 봤을 때 최소 30레벨

중반, 최대 50레벨대까지의 몬스터들이 등장할지도 모르는 필드!

'내가 진짜…… 무슨 수를 써서라도 아토즈 오빠는 이기고 만다.'

베리타스 서버의 어딘가에서.

게으른…… 아니, 게을렀던 재능충 하나가 의지를 불태우기 시작하였다.

이안은 원래 베리타스 서버의 랭킹 자체에는 별 욕심이 없었다.

이미 그는 누구나 인정하는 세계 랭킹 1위의 유저였으니까.

다만 그가 필사적으로 빠르게 성장하려 하는 이유는 다른 랭커들보다 먼저 콘텐츠들을 선점하기 위함일 뿐.

'미친 난이도일게 분명한 '입신지로' 시나리오를 클리어하려면, 최대한 많은 콘텐츠를 독식해야겠지.'

하지만 커뮤니티를 확인하자 자존심이 상하는 것은 어쩔 수 없었다.

자신이 지옥 같은 전직 퀘스트에 발목이 잡혀 있는 동안, 많은 유저들이 그의 레벨을 추월해 버렸으니 말이다.

'아오! 이거 진짜 빨리 클리어해야 하는데…….'

붉은 바위 봉우리는 뒤질 만큼 뒤졌다.

이미 퀘스트를 시작한 지도 5시간 이상 지났으니까.

하지만 이안의 레벨은 아직까지도 20레벨.

사냥을 배제했기 때문이 아니었다.

아무리 최소한으로 전투를 했다 해도, 다섯 시간 동안 레벨을 1도 올리지 못하는 것은 말이 되지 않는다.

다만 이안의 레벨이 오르지 않고 있는 이유는 바로 여기에 있었다.

-더 이상 경험치를 획득할 수 없습니다.

-'전직'에 성공한 뒤에 경험치를 획득할 수 있습니다.

그러니까 이안의 레벨은 현재 20레벨 99퍼센트.

이안으로서는 속이 부글부글 끓을 수밖에 없는 것이다.

'아오! 신규 서버 뉴비들한테 레벨이 밀리다니, 이거 체면이 말이 아닌데?'

하지만 아무리 속이 부글부글 끓어도 어쩔 수 없다.

이런 종류의 퀘스트는 결국 단서를 찾아내지 못하면 클리어할 수 없으니까.

그래서 이안의 답답함은 한계치에 다다르고 있었다.

경험치도 안 주는 몬스터에게 화풀이를 하고 싶을 정도로 말이다.

깨갱-!

—'타락한 회색 늑대'에게 치명적인 피해를 입혔습니다.
—'타락한 회색 늑대'를 성공적으로 처치했습니다.
—경험치를 0만큼 획득합니다.

'젠장! 이거, 퀘스트 잘못 만든 거 아냐? 아무리 생각해도 버그 같은데…….'

하지만 투덜거리면서도 이안은 한 가지 사실을 알고 있었다.

다른 건 몰라도 카일란에서 퀘스트가 잘못 만들어져 있을 확률은 제로에 수렴할 정도라는 사실을 말이다.

그래서 이안은 입술이 삐죽 나온 상황에서도 계속해서 머리를 굴리고 있었다.

'대체 뭘까? 내가 놓친 게.'

아무리 봐도 붉은 바위 봉우리 내의 모든 필드 중 '잊힌 고대인의 유산'만큼 이 퀘스트에 적합한 필드는 없다.

이안은 지금 이 필드 안에 굴러다니는 바위 하나까지도 샅샅이 뒤져 본 상황이었다.

다시 말해 더 이상 수색은 의미가 없다는 이야기.

그렇다면 이제 방식을 바꿔야만 했다.

'핏빛 갈기 늑대의 흔적…… 결국 이걸 찾는 것도 핏빛 갈

기 늑대를 얻기 위함인데……'

골똘히 생각에 잠겨 있던 이안은, 순간 머릿속에서 벼락이 치는 것을 느꼈다.

발상을 전환한 순간, 뭔가 해답이 보이는 것 같았으니 말이다.

'잠깐! 내가 라이를 얻었던 방법, 거기에 해답이 있을지도 모르겠는데……?'

이안의 시선이 필드에 돌아다니는 30레벨대의 '타락한 회색 늑대'들에게로 향했다.

'혹시 이 필드에 굴러다니는 저 회색늑대들이 힌트였던 건가……?'

이안은 마른침을 꿀꺽 삼켰다.

'그래, 포획……! 저것들을 포획해서 조사해 볼 생각을 대체 왜 하지 않았던 걸까?'

일단 새로운 가능성을 찾았으니 망설일 여유는 없었다.

인벤토리를 오픈한 이안은, 곧바로 귀환서를 꺼내어 주욱 찢었다.

지이익-!

    -'귀환 스크롤'을 사용하였습니다.
    -'노비스 쉘터'로 귀환합니다.

마을에 도착한 이안이 서둘러 향한 곳은 바로 잡화 상점!

"안녕하세요, 아저씨."

"오, 손님이 왔구먼. 자네는 뭘 찾는가?"

"소환수 봉인서 100장만 구매할게요."

"등급은 어떤 걸 원하지?"

"가장 낮은 등급이면 충분합니다."

"알겠네."

띠링-!

　-'최하급 봉인서 ×100' 아이템을 구매하였습니다.

이안은 아직 소환술사가 아니었기 때문에 '타락한 회색늑대'를 포획하기 위해서 봉인서가 필요했던 것이다.

'자, 그럼 한번 시작해 볼까?'

새로운 방향성을 찾은 이안의 눈에, 다시 생기가 돌기 시작하였다.

⚜

이안은 본인의 어리석음을 자책했지만, 사실 포획에 대한 생각을 해 보지 못한 것은 당연했다.

퀘스트에 포획에 대한 어떤 언급도 없이, 그저 '핏빛 갈기 늑대'의 흔적을 찾으라는 말만 덩그러니 있었으니 말이다.

그래서 사실 5시간 정도 만에 이러한 힌트를 알아차린 것
은 오히려 빠르게 깨달은 편.

'후우, 시간을 너무 많이 지체했어.'

물론 그런 것과 별개로 이안은 본인의 실책이 못마땅했지
만 말이다.

"포획!"

봉인서를 사서 다시 '잊힌 고대인의 유산' 필드에 도착한
이안은 곧바로 눈앞에 보이는 '타락한 회색늑대'를 포획하였
다.

띠링-!

  -'소환수 봉인서(최하급)'을 사용하셨습니다.
  -'타락한 회색늑대'를 성공적으로 포획하셨습니다.

늑대의 레벨은 30레벨 초반으로 이안과는 10레벨이나 차
이가 났지만, 같은 30레벨 대인 데몬 고블린보다 전투력이
많이 낮은 편이었다.

게다가 '일반' 등급 몬스터를 포획하는 정도는 테이밍 마스
터였던 이안에게 식은 죽 먹기나 다름없던 것.

'어디 보자……. 상태 창을 한번 볼까?'

첫 번째 포획을 가뿐히 성공한 이안이 곧바로 녀석의 정보

를 확인하였다.

타락한 회색늑대

레벨 : 31

분류 : 야수형

등급 : 일반

성격 : 사나움

진화 불가

공격력 : 52

방어력 : 28

민첩성 : 51

지능 : 17

생명력 : 215/215

'잊힌 고대인의 유산'에 서식하는 타락한 늑대이다.

빠른 발과 날카로운 이빨을 가지고 있다.

그리고 심플한 이 정보 창을 읽은 이안은 곧바로 고개를
갸웃거렸다.

'음, 그러고 보니……. 이름이 회색늑대잖아?'

일반적으로 유저들이 칭하는 회색늑대는 가장 평범한 '늑
대'를 의미한다.

콜로나르 대륙에서 제일 흔하며, 이안이 가장 먼저 키웠던

소환수인 늑대.

다만 그 늑대의 털가죽이 회색이었기에 회색늑대라고 칭했던 것인데, 이 녀석은 아예 '회색'이라는 수식어가 붙어 있었으니.

꼼꼼한 이안으로서는 뭔가 위화감이 든 것이다.

'회색늑대라는 이름을 가진 소환수는 처음 보는데…….'

이안은 늑대들이 더 많은 곳을 찾아 조심조심 이동하였다.

그리고 늑대 하나하나를 유심히 관찰하기 시작하였다.

　　-타락한 회색늑대(일반) / Lv34

　　-타락한 회색늑대(일반) / Lv32

　　-타락한 붉은 늑대(일반) / Lv35

　　-타락한 회색늑대(일반) / Lv31

　　-타락한 푸른 눈의 늑대(희귀) / Lv34

　　…….

'대부분이 회색늑대인 것 같고……. 그 가운데 특별한 녀석들이 조금씩 섞여 있는 구조인가?'

이안은 이 퀘스트의 핵심이, 결국 '핏빛 갈기 늑대'로 진화 가능한 늑대를 찾아내는 것이라고 생각했다.

그리고 이안이 알고 있는 지식에 의하면, '핏빛 갈기 늑대'가 될 수 있는 녀석은 오로지 아무런 수식어도 갖지 않는 평범한 '늑대'뿐.

그래서 이안은 다시 수색을 시작하였다.

'수식어가 없는 늑대를 찾아보자.'

지금 이안이 생각하는 방향성이 맞다는 보장이야 아직 없었지만, 닳고 닳은 게이머로서의 촉이 강하게 오고 있었으니 말이다.

'생김새는 저 회색늑대들과 거의 흡사할 텐데…….'

그렇게 이안이 명확한 목표를 가지고 수색한 지 10분 정도가 더 지났을까?

아우우우–!

울려 퍼지는 늑대의 울음들 사이에서, 이안은 드디어 원하는 녀석을 찾아낼 수 있었다.

–타락한 늑대(일반) / Lv 30

'찾았다!'

'타락한'이라는 수식어가 붙어있긴 하지만, 그것은 필드의 특성 때문일 확률이 높았다.

이곳, 붉은 바위 봉우리는 악마 타입 몬스터들이 점령한 상황이었으니까.

그래서 이안은 이 녀석이 바로 핏빛 갈기 늑대로 진화할 수 있는 그 늑대일 것이라고 확신하였다.

"포획!"

다만 한 가지 걱정되는 부분은…….

'설마 이렇게 찾기도 힘든 개체 안에서 또 진화 가능 개체를 찾아야 하는 건 아니겠지?'

어디선가부터 느껴지는 어마어마한 노가다의 냄새였다.

　

-'소환수 봉인서(최하급)'을 사용하셨습니다.

-'타락한 늑대'를 성공적으로 포획하셨습니다.

　

하지만 다행히도 이안의 그 불길한 예감은 오랜만에 빗나갔다.

띠링-!

　

-희귀한 늑대종을 포획하셨습니다.

-'타락한 늑대'에서 진한 피의 향기가 느껴집니다.

-'핏빛 갈기 늑대'의 흔적을 발견했습니다!

　

포획에 성공한 순간, 퀘스트 시스템 메시지가 주르륵 하고 떠올랐으니 말이다.

　

-설화 '핏빛 갈기 늑대의 전설'과 관련된 흔적을 발견하였습니다.

-소환술사 길드의 마스터 '세인'에게 돌아가면 퀘스트를 완료할

수 있습니다.

메시지를 확인한 이안의 얼굴에 함박웃음이 걸렸다.

'됐다!'

포획한 늑대는 당연히 진화 가능 개체가 아니었다.

한 번에 진화 가능 개체가 나온다는 건 확률적으로 말이 안 되는 일이니까.

하지만 퀘스트가 그래도 양심은 있는지 퀘스트는 완료되었고.

지금 상황에서는 그것만으로도 감지덕지한 이안이었다.

'그나저나 베리타스에서는 일반 늑대가 희귀종이었나 보네?'

신이 난 이안은 바로 스크롤을 찢어 마을로 귀환하였다.

이어서 그가 향한 곳은 당연히 노비스 쉘터의 소환술사 길드였다.

❁

"그게…… 정말입니까?"

노비스 쉘터의 소환술사 길드 마스터 세인.

그의 목소리는 가늘게 떨리고 있었다.

"정말입니다. 핏빛 갈기 늑대의 흔적을 찾았습니다."

지금 눈앞에 있는 이 남자의 말에 의하면.

그의 손에 지금 노비스 쉘터의 역대 소환술사 길드 마스터들의 숙원 중 하나가 담겨 있는 것이었으니 말이다.

"그, 그것을 혹시 제가 볼 수 있겠습니까?"

"물론입니다, 마스터."

베리타스에서 펜리르의 일족은 고대의 소환술사들이나 부렸던 전설적인 소환수다.

그런데 그 핏줄을 가진 유일한 늑대종이라고 알려진 소환수가 바로 '핏빛 갈기 늑대'.

세인의 심장박동이 빨라지는 것은, 너무 당연한 것이었다.

'핏빛 갈기 늑대라니! 그 전설 속 펜리르의 핏줄……. 정말 존재하는 늑대종이었단 말인가.'

그래서 마른 침을 집어삼킨 세인은, 남자가 자신에게 그 증거를 보이기를 기다렸다.

이 남자의 말이 사실이라면 오랜 세월 소환술사 길드에서 보관하고 있던 고대의 아티펙트가 드디어 주인을 찾게 되는 것이었으니 말이다.

"잠시만 기다리시죠."

인벤토리를 뒤적이던 남자는, 붉은 마법진이 새겨진 소환수 봉인서를 꺼내 세인에게 건네주었다.

그리고 그 봉인서를 받아 탁자에 올린 세인은, 떨리는 손으로 품속에서 무언가를 꺼내 들었다.

딸깍-!

낡은 금속과 가죽으로 만들어진, 아주 오래 된 듯한 물건.

'어? 저거 뭔가 낯이 익은데?'

그런데 그 물건을 발견한 이안은 적잖이 당황한 표정이 되었다.

"그게 뭔지 여쭤봐도 될까요?"

"핏빛 갈기 늑대의 힘이 담겨 있는 고대의 아티펙트입니다."

"네……?"

세인이 '고대의 아티펙트'라고 소개한 그 물건은, 이안이 초보 소환술사 시절 즐겨 사용하던 너클이었으니 말이다.

'저거 아무리 봐도……. 고대 소환술사의 강철 너클이잖아?'

소환수 감응이라는 고유 능력 옵션이 붙어 있어서 라이의 광폭화 능력을 종종 빌려올 수 있었던 장비.

'이게 왜 저 아저씨 손에……?'

사실 레벨 제한 40정도에 영웅 등급이었던 강철 너클은 쓸 만하기는 해도 아티펙트라고 할 수준으로 좋은 장비는 아니다.

그런데 세인은 이 물건을 고대의 아티펙트라고까지 이야기하고 있었으니, 이안의 입장에서는 어리둥절할 수밖에 없었다.

'대체 뭐가 어떻게 돌아가는 거야?'

하지만 이안의 그러한 의문과 별개로, 세인은 아주 진지한 표정으로 계속해서 말을 이었다.

"아마 주신 봉인서의 소환수에 '핏빛 갈기 늑대'의 흔적이 담겨 있다면 이 아티펙트가 반응할 겁니다."

"그, 그래요?"

"잠시 기다리시면……."

우우웅-!

세인이 너클의 위에 손을 대자 푸른 기류가 그것을 감싸며 천천히 공명하기 시작하였다.

그리고 다음 순간.

띠링-!

－고대의 아티펙트가 소환수의 기운에 반응합니다.

－조건이 충족되었습니다.

－퀘스트가 완료되었습니다!

몇 줄의 시스템 메시지와 함께 너클에서 붉은 빛이 뿜어져 나오기 시작하였다.

"오오, 이럴 수가!"

그것을 확인한 세인의 입에서는 감격에 겨운 세인의 목소리가 터져 나왔고.

'저거, 내가 알던 그 너클이 아닌가?'

더욱 어리둥절해진 이안은, 세인의 손에 들려 있는 너클의 아이템 정보가 궁금해지기 시작했다.

"이안 님의 말씀대로 정말 핏빛 갈기 늑대의 힘을 가진 늑대로군요!"

"하하, 다행입니다."

그리고 마침.

"드디어 이 물건의 주인을 찾은 것 같습니다."

"예?"

"어쩌면 제 손에서, '테이밍 마스터'라는 신화의 시작을 보게 된 걸지도 모르겠군요."

세인은 들고 있던 너클을 이안에게 건네주었다.

띠링-!

　

-'고대 소환술사의 강철 너클(유물)' 아이템을 획득하였습니다.

　

더욱 어이없는 표정이 된 이안은, 아이템의 정보 창을 열어 보았다.

고대 소환술사의 강철 너클(유물)
분류 : 너클
등급 : 영웅

착용 제한 : 레벨 38 이상

공격력 205~235

내구도 : 314/314

옵션 : 힘 +20 / 민첩 +15% / 통솔력 +40

소환된 모든 소환수의 생명력이 10%, 공격력이 25% 증가합니다.

소환수의 치명타 피해량이 55% 증가합니다.

적에게 치명적인 피해를 입힐 시, 소환된 소환수들의 고유능력중 하나
가 랜덤으로 발동됩니다.

(신체 조건상 발동 불가능한 능력은 발동되지 않습니다.)

그리고 다시 한번 확신할 수 있었다.

'뭐야, 이거 진짜 내가 쓰던 그거 맞잖아?'

세인으로부터 받은 너클은, 이안이 기억하던 완전히 그대
로의 옵션을 가지고 있었으니 말이다.

'뭐가 어떻게 돌아가는 거지……?'

그런데 아이템 옵션을 쭉 확인하던 이안의 시선이 아이템
정보창의 최하단에서 순간 고정되었다.

익숙하기 그지없는 정보 창의 상단과 달리, 완전히 처음
보는 옵션이 하단에 붙어 있었으니 말이다.

고대의 신화적인 소환술사가 사용하던 무기로, 소환수들과 감응하는 능
력을 가지고 있습니다.

신격을 가진 이의 성유물입니다. 같은 신격이 담긴 성유물을 얻는다면
유물의 효과가 추가됩니다.

현재 활성화된 옵션

모든 소환수 치명타 확률 +5%

(보유한 성유물의 숫자만큼 새로운 옵션이 추가됩니다.)

(유물의 효과는 장착하지 않아도 적용됩니다.)

'대박. 이게 뭐야?'

아티펙트의 정체(?)에 실망했던 이안의 눈빛이 달라졌다.

인벤토리에 보유하는 것만으로 이런 수준의 옵션이 붙는 다면, 이건 얘기가 달라지는 것이니 말이다.

"이거, 저 주시는 겁니까?"

"물론입니다. 당신에게는 그럴 자격이 있으니까요."

이어서 세인의 말이 끝난 순간.

띠링-!

이안의 눈앞에 새로운 시스템 메시지들이 주르륵 다시 떠 오르기 시작하였다.

　

　－조건이 충족되었습니다.

　－'테이밍 마스터(신화)' 클래스로 전직이 완료되었습니다!

　－새로운 능력치, '친화력'이 생성됩니다.

　－새로운 능력치, '조련술'이 생성됩니다.

-새로운 능력치, '통솔력'이 생성됩니다.

-스킬 창 '초급 소환술 Lv1(숙련도 0%)'이 생성됩니다.

-기본 액티브 스킬 '소환(해제)'를 배웠습니다.

-액티브 스킬 '포획'을 배웠습니다.

-액티브 스킬 '바람의 축복'을 배웠습니다.

-액티브 스킬 '응급처치'를 배웠습니다.

-액티브 스킬 '초급 훈련'을 배웠습니다.

……후략……

　　그것은 바로 이안이 오매불망 기다렸던 전직 완료 메시지
였다.

전설을 쫓아서

드디어 전직에 성공했지만 이안의 고난은 여기서 끝이 아니었다.

띠링-!

　-'핏빛 갈기 늑대의 전설' 퀘스트를 성공적으로 클리어 하여, 연계 퀘스트가 발동합니다.
　-'전설을 쫓아서' 퀘스트를 수령하였습니다.

'전설을…… 쫓아서?'

'핏빛 갈기 늑대의 전설' 퀘스트의 퀘스트 타입은 전직 퀘스트이면서 연계 퀘스트였고.

때문에 퀘스트를 클리어한 순간 자연히 연계 퀘스트가 떠오른 것이다.

전설을 쫓아서

고대부터 붉은 바위 봉우리에 내려오던 설화. 핏빛 갈기 늑대의 전설.

당신은 〈노비스 쉘터〉에서 최초로 그 전설의 실마리를 찾아내었고, 신화적인 소환술사인 '테이밍 마스터'의 길을 걸을 자격을 얻었다.

……중략……

하지만 길드 마스터 세인은 당신이 여기서 만족하지 않고 핏빛 갈기 늑대의 전설을 완벽히 파헤쳐 주기를 바란다.

'타락한 늑대'를 통해 얻은 실마리를 활용하여, 완벽한 펜리르의 핏줄을 찾아내도록 하자.

만약 '핏빛 갈기 늑대의 전설'과 관련된 추가적인 정보가 필요하다면, '고고학 연구가 도르무'를 찾아보면 좋을 것이다.

퀘스트 난이도 : A

-퀘스트 타입

*히든 퀘스트

*연계 퀘스트

-퀘스트 완료 조건

*'핏빛 갈기 늑대' 획득

-보상

*신력 +1

'그러니까 결국…… 진화 가능한 늑대를 찾으라는 말이잖아?'

퀘스트의 내용은 거창했지만, 결론적으로 '핏빛 갈기 늑대'로 진화가 가능한 개체를 찾아 진화시키라는 말이다.

퀘스트의 흐름이 그렇게 흘러가고 있었으니까.

그래서 여기까지 생각이 미친 이안의 등줄기에 저도 모르게 식은땀이 흘러내렸다.

본능적으로 어마어마한 노가다의 냄새를 맡을 수 있었으니 말이다.

'설마 잊힌 고대인의 유적에서 진화 가능한 일반 늑대를 포획할 때까지 무한 노가다를 하라는 말은 아니겠지?'

늑대가 득실거리는 콜로나르 대륙의 필드에서도 진화 가능한 개체를 잡기 위해선 적지 않은 노가다가 필요하다.

그런데 한참을 뒤져야 일반 늑대 하나를 찾을 수 있는 필드에서 진화 가능한 잠재력을 지닌 개체를 찾아내라?

노가다 장인인 이안의 기준으로도 이건 미친 짓이라고 할 수 있었다.

'최소 일주일……? 아니, 운 나쁘면 보름 이상 노가다만 해야 할 수도 있어.'

물론 이안의 속이 어떻든 길드 마스터 세인은 허허 웃으며 흡족한 표정을 짓고 있었지만 말이다.

"그 누구도 찾아내지 못했던 핏빛 갈기 늑대의 흔적을 찾아내셨으니, 분명 펜리르의 전설을 재현하실 수도 있으리라 믿습니다."

"……."

"전설의 늑대 종 소환수인 펜리르를 두 눈으로 볼 수 있다면…… 저는 정말 행복할 것 같군요. 하하."

세인의 초롱초롱한 눈빛을 보며, 이안은 속 깊은 곳에서부터 차오르는 한숨을 가까스로 집어삼켰다.

'이 눈치 없는 아저씨가…….'

하지만 한숨이 나오는 것과 별개로 퀘스트를 어떻게든 가장 효율적으로 진행해야 하는 것이 이안에게 주어진 과제.

"그런데 세인 님."

"말씀하시지요."

물론 진화 가능한 '늑대' 개체를 찾아야 함은 거의 확실했지만.

조금이라도 쉬운 길을 찾기 위해서 세인으로부터 최대한 많은 정보를 알아낼 필요가 있었다.

'적어도 퀘스트 내용에 명시된 도르무라는 NPC는 만나 봐야지.'

그래서 이안은 다시 말을 잇기 시작하였다.

"혹시 세인 님께선, '고고학자 도르무'라는 분에 대해 알고 계십니까?"

이안의 물음에 세인이 살짝 놀란 표정으로 고개를 끄덕였다.

"오, '도르무' 님이라면 물론 알고 있습니다. 소환술사 길드의 소환수 연구에 항상 가장 큰 도움을 주시는 분이니까요."

"그렇군요."

"이안 님께서도 혹시 도르무 님의 도움이 필요하신 겁니까?"

이안은 자연스레 고개를 주억거리며 답하였다.

"혹시 '핏빛 갈기 늑대'의 비밀을 푸는 과정에서 도르무 님의 조언을 받을 수 있을까 해서요."

이안의 그 말에 세인이 손뼉을 짝 치며 다시 입을 열었다.

"오, 그러고 보니 제가 그 생각을 못 했군요. 확실히 도르무 님이라면 이안 님께 도움을 드릴 수 있을 겁니다."

세인이 도르무에 대해 장황하게 이야기를 늘어놓으려고 하자, 대화가 더 길어지기 전에 이안이 잽싸게 말을 끊고 본론을 꺼내었다.

"그래서 제가 지금 도르무 님을 한번 찾아가 보려는데……. 혹시 마스터께선 도르무 님이 어디 계신지 알고 있습니까?"

"음……."

이안의 질문에, 세인은 문득 탁자에 놓여 있던 서류들을 뒤적이기 시작하였다.

그리고 잠시 후.

"지금쯤이면 아마 '타락한 거인의 숲'에 계실 것 같군요."

"타락한…… 거인의 숲요?"

"저희 길드에서는 최근 거신족의 핏줄을 이어받은 거대한 골렘종 소환수에 대해 연구 중이거든요."

드르륵—!

책장 뒤편의 낡은 서랍을 연 세인이 양피지를 하나 꺼내 들며 말을 이었다.

"실례가 되지 않는다면……. 기왕 도르무 님을 만나러 가시는 김에 이안 님께서 이 서류도 전달해 주실 수 있겠습니까?"

그 말을 들은 이안은 조금 기분이 좋아졌다.

'이런 일타이피 퀘스트는 언제나 환영이지.'

어차피 도르무를 만나러 가야 하는 상황에서 이런 가볍고 심플한 문서 전달 퀘스트를 더해 준다면, 퀘스트 보상을 거의 공짜로 얻는 것과 다름없었으니 말이다.

"물론입니다. 그쯤이야 어렵지 않지요."

"하핫, 역시……! 감사합니다, 이안 님."

―'길드 마스터 세인의 심부름' 퀘스트를 수령하였습니다.

퀘스트를 수령한 이안은 슬쩍 퀘스트 창도 열어 보았다.

'오호! 보상도 꽤 짭짤한데?'

퀘스트 자체는 간단하다 해도 '타락한 거인의 숲'이라는 필드 자체가 꽤 난이도 있는 필드이기 때문인지.

보상 골드와 경험치가 제법 넉넉하게 책정되어 있었던 것이다.

"소환수 연구와 관련된 서류인가 보군요."

"그렇습니다."

"조심히 전달토록 하겠습니다."

"이안 님만 믿겠습니다."

세인으로부터 콩고물까지 받아 챙긴 이안은 한결 나아진 기분으로 소환술사 길드를 나설 수 있었다.

"도르무 님은 아마 타락한 거인의 숲 서쪽 유적에 계실 확률이 높습니다."

"그렇군요."

"특이한 고대인의 복장을 즐겨 입으시니 알아보시는 게 어렵지는 않을 겁니다."

"조언 감사드립니다."

노가다의 향기가 좀 진하기는 하지만, 그래도 한 시간 전보다는 상황이 몇 배 이상 나았으니 말이다.

'그 도르무라는 친구가 노가다를 조금이라도 줄여 줄 수 있었으면 좋겠는데…….'

월드 맵을 펼친 이안은, '타락한 거인의 숲' 필드를 한번 검색해 보았다.

'역시, 붉은 바위 봉우리보다 한 단계 높은 수준의 필드였군.'

그리고 지체 없이 마을을 벗어나 어디론가 이동하기 시작했다.

타락한 거인의 숲에 가기 전에 해야 할 일이 한 가지 있었다.

이안은 이제 비기너가 아니다.

무려 '신화'라는 수식어까지 붙은 최고 티어의 히든 클래스로 전직에 성공했으니 말이다.

때문에 이안은 더 이상 무식하게 스킬 없이 전투할 생각이 없었다.

"소환술사면 소환술사답게 싸워야지."

그래서 이안이 퀘스트 진행 전에 가장 먼저 해야 할 일은 함께할 첫 번째 소환수를 얻는 것이었다.

'결국 퀘스트를 따라가다 보면 핏빛 갈기 늑대를 얻을 테지만…… 그때까지 소환수 없이 사냥하는 건 너무 미련한 짓이니까.'

처음 전직한 초보(?) 소환술사들은 대부분 크나큰 고민에 직면하게 된다.

그 고민이란 바로 첫 번째 소환수를 어떤 녀석으로 선택할지에 대한 고민.

카일란에는 낮은 등급부터 너무 다양한 소환수 선택지들이 존재했고.

고민 끝에 소환수의 종을 정한다고 해도 그 안에서 마음에 드는 최고의 개체를 찾는 것도 쉽지 않은 일이었으니까.

마음에 100퍼센트 꼭 맞는 소환수를 얻으려다가 한 달이 넘도록 전직 레벨을 벗어나지 못하는 소환술사들도 종종 있을 정도였다.

'미련한 짓이지. 그 시간에 성장한다면 선택의 폭이 훨씬 더 넓어질 텐데 말이야.'

물론 이안 또한 완벽주의에 가까운 성향이다.

하지만 이안의 그 완벽주의 안에는 기본적으로 '최고의 효율'이라는 개념이 포함된다.

그래서 이안은 첫 번째 소환수를 어떤 정도의 녀석으로 타협할지에 대해 어렵지 않게 답을 내릴 수 있었다.

'무조건 진화 가능한 녀석으로 포획해야 해. 진화조차 할 수 없는 녀석이라면 유통기한이 너무 빠르게 끝나니까. 레벨은 최대한 낮은 녀석으로 잡아야 하겠고…….'

소환수는 레벨이 오를 때 어떻게 육성했느냐에 따라 능력치 상승폭이 다르다.

그 때문에 최대한 낮은 레벨부터 잠재력에 신경을 쓰면서 키워야 나중까지 1인분을 훌륭히 해 내는 소환수로 성장시킬 수 있을 터였고, 그래서 이안은 최대한 낮은 레벨의 소환수를 포획하려는 것이었다.

그리고 이렇게 몇 가지 조건들이 정해지자, 선택지는 자연스레 좁혀질 수밖에 없었다.

1. 최대한 레벨이 낮으면서.

2. 진화 가능한 개체를 어렵지 않게 포획할 수 있을 만큼 흔한 소환수여야 하고.

3. 이안의 전투 스타일에 가장 도움이 될 만한 녀석이어야 한다.

'노비스 쉘터 인근에서 가장 흔한 몬스터는 당연히 슬라임 이겠지. 하지만 느려 터진 슬라임을 소환수로 쓸 생각은 없고…….'

잠깐 동안 고민한 결과.

이안의 머릿속에 남은 최종 선택지는 세 가지 정도였다.

첫째는 슬라임 다음으로 흔한 몬스터인 '타락한 들개'.

'콜로나르 대륙에 서식하던 들개들도, 잘만 키우면 전설 등급의 케르베로스까지도 성장이 가능했었지. 타락한 들개

도 분명 비슷한 루트로 성장이 가능할 거야.'

둘째는 들개에 비해 조금 희귀하기는 하지만 낮은 레벨 존에서 유일하게 마법형 소환수로 성장시키는 게 가능한 '녹빛 여우'.

'확실히 회복 능력을 가진 여우라면 전투에 크게 도움이 되긴 할 텐데……. 여우종도 키우기에 따라 전설 등급까지 진화 가능한 루트가 존재하니까.'

마지막은 선택지 중 가장 포획 난이도가 어렵고 이안에게 조차도 전혀 정보가 없는 새로운 몬스터 종인 '어둠 박쥐'.

'이 박쥐 녀석은 사실 좀 도박이긴 한데…….'

일반 등급인 '타락한 들개'나 '녹빛 여우'와 달리, 솜뭉치 같은 박쥐의 형상을 한 몬스터인 '어둠 박쥐'는 등급도 희귀 등급이었다.

그래서 진화 가능한 개체를 포획하려면, 최소 몇 시간 이상의 충분한 시간을 투자해야 할 터.

게다가 이번 베리타스 서버가 등장하면서 처음 카일란에 추가된 몬스터이다 보니 진화에 대한 정보도 전혀 없었지만, 사실 이안은 이 녀석에게 가장 끌리는 중이었다.

'그래, 이 녀석으로 가자. 다 아는 소환수를 키우는 건 재미없잖아?'

그렇게 마음을 결정한 이안은, '어둠 박쥐'를 잡기 위해 붉은 바위 동굴로 향했다.

그리고 동굴 안에 가득한 일반 등급 몬스터 '굶주린 흡혈 박쥐'들 사이에서 희귀 등급의 어둠 박쥐를 귀신같이 찾아 포획하기 시작하였다.

굶주린 흡혈박쥐 대신 어둠 박쥐를 잡는 이유는 어둠 박쥐의 등급이 높아서가 아니었다.

다만 핏줄이 툭툭 튀어나와 징글맞게 생긴 흡혈박쥐들과 달리, 어둠 박쥐는 까맣고 윤기가 흐르는 피부를 가지고 있기 때문이었다.

'은근 귀엽기도 하고⋯⋯?'

이안은 오랜만에 무아지경에 빠져서 포획 노가다를 시작하였다.

-'어둠 박쥐'를 포획하는 데 성공하셨습니다.

-'어둠 박쥐'를 포획하는 데 성공하셨습니다.

-반복된 포획 성공으로 '친화력' 능력치가 1 상승합니다.

최대한 마음에 드는 녀석으로 잡아야 하지만, 그래도 오늘 안에는 노가다를 끝내야 했다.

-수많은 '어둠 박쥐'를 포획하여, '어둠 박쥐 전문가' 칭호를 얻었습니다.

-'어둠 박쥐 전문가' 칭호를 얻어 앞으로 어둠 박쥐를 포획할 때

친밀도를 얻기가 더 쉬워집니다.

　-'어둠 박쥐 전문가' 칭호를 얻어 앞으로는 포획하지 않아도 우수한 어둠 박쥐를 판별해 낼 수 있습니다.

　......후략......

그리고 그렇게 4~5시간 정도 시간이 흘러갔을까?

"음......?"

무아지경으로 어둠 박쥐를 포획하던 이안의 시야에, 문득 이질적인 박쥐 녀석 하나가 발견되었다.

　-베티 / Lv 1

붉은 바위 동굴에 서식하는 몬스터들은 대략 10레벨 전후 정도의 레벨을 가지고 있다.

그리고 이러한 필드의 평균 레벨은, 특별한 네임드 몬스터가 나타나지 않는 한 크게 범위를 벗어날 수 없는 구조다.

그런데 지금 이안의 눈앞에 있는 이 특이한 녀석의 레벨은, 분명히 '1'이었다.

'단순히 한 자릿수 레벨도 아니고 1레벨이야. 이런 경우가 전에 있었나?'

게다가 '베티'라는 이름도 처음 보는 것이었다.

이 동굴에서 거의 5시간이 다 되어 가도록 포획 노가다를

하고 있는데, 그동안 단 한 번도 모습을 볼 수 없었던 몬스터
가 등장한 것이다.

그래서 이안의 눈은 반짝였다.

이렇게 특별한 녀석을 발견했을 때야말로 이안의 연구 본
능이 불타오르는 시점이었다.

'절대로 놓치면 안 돼.'

물론 이 베티라는 희귀한 녀석이 정말 그 희귀도만큼 대단
한 녀석일지 아직 알 수는 없다.

막상 포획해 놓고 보니 진화 불가능한 개체여서 소환수로
채용하지 않을지도 모른다는 말이다.

하지만 그것과 별개로 만약 이 녀석을 포획하는 데에 실패
하기라도 한다면 한동안 꿈에서도 나올지 몰랐다.

원래 못 먹어 본 음식은 자꾸 머릿속에 생각나는 법이니
까.

'신중하자. 무턱대고 달려들면 안 돼.'

이안은 천천히 베티에게로 다가갔다.

녀석의 외형을 가까이 다가가며 자세히 보니 확실히 다른
박쥐들과 느낌부터 달랐다.

'솜뭉치에 날개가 달렸네?'

조금은 징그럽다고 느껴질 수도 있는 사실적인 외형을 가
진 박쥐들과 달리, 이 베티라는 녀석은 솜뭉치가 연상될 정
도로 동글동글하고 귀여웠던 것.

'귀엽잖아!'

베티가 더욱 탐이 나기 시작한 이안은 포획을 더욱 신중히 진행하기로 했다.

녀석을 절대 놓치지 않기 위해 치밀한(?) 계획을 짜기 시작한 것이다.

'실수는 용납할 수 없으니까.'

포획을 위해서는 기본적으로 포획 대상의 생명력을 최대한 줄여 놔야 한다.

그런데 지금 이안의 스펙으로는 아이러니하게도 그게 상당히 어려운 일이었다.

대충 쏜 화살 한 방만 스쳐도 저 1레벨의 베티는 즉사할 게 분명했으니 말이다.

'12레벨 박쥐들도 두 방이면 거의 빈사 상태가 되는데 1레벨짜리가 버틸 수 있을 리 없지.'

그래서 이안이 생각해 낸 방법은, 지금까지 포획하고 있던 '어둠 박쥐'를 이용하는 것이었다.

어둠 박쥐가 가지고 있는 고유 능력인 '초음파 공격'이라면, 베티를 안전하게 포획하는 데 안성맞춤일 것 같았다.

초음파 공격

대상에게 가벼운 물리 피해를 입힌 뒤, 대상을 제외한 주변 적에게 물리 +마법 피해를 동시에 입힙니다.

초음파 공격에 명중당한 적은 60% 확률로 잠시 동안 행동 불능에 빠집니다.

포획의 성공률을 높이는 가장 큰 지표는 당연히 생명력 수치를 낮추는 것이다.

하지만 여기에 더해 더욱 포획 성공률을 올리는 방법이 있다면 바로 '상태 이상'을 거는 것이었는데, 그중에서도 '행동 불능'만큼 포획 확률을 크게 올려 주는 상태 이상도 흔치 않다.

게다가 초음파 공격은 공격 기술이라기보다는 상태 이상 기술에 가까워서 공격 계수도 상당히 낮아 1레벨 베티를 한 번에 죽일 일도 없을 터.

'최대한 약해 보이는 녀석으로, 어둠 박쥐부터 먼저 포획해 보자.'

그래서 이안의 선택은 주변에서 가장 레벨이 낮은 어둠 박쥐를 먼저 포획하는 것이었다.

-어둠 박쥐 / Lv 9

'이 녀석이 좋겠어.'
피이잉-!

-'어둠 박쥐'를 포획하는 데 성공하셨습니다.

9레벨의 어둠 박쥐를 포획한 이안은 녀석의 스텟을 보고 아주 흡족해졌다.

9레벨임에도 30조차 되지 않는 최악에 가까운 녀석의 공격력을 보며 베티가 한 번에 죽어 버릴 염려는 없겠다는 확신이 생겼으니 말이다.

"자, 그럼 이제……!"

어둠 박쥐를 포획하면서도 이안의 시선은 베티로부터 떨어지지 않았다.

이어서 이안은 베티를 향해 접근했다.

"소환!"

이안의 나직한 시동어가 떨어지기가 무섭게 방금 포획한 어둠 박쥐가 모습을 드러내었다.

방금 포획한 몬스터임에도 불구하고, 녀석의 충성도는 최상에 가까웠다.

아마 신화라는 수식어가 붙은 이안의 히든 클래스 덕분일 터였다.

"자, 저기 베티라는 녀석 보이지?"

키리릭-!

"저 녀석에게 몰래 다가가서, 초음파 공격을 한 번 해 보자."

키릭- 키릭-!

이안의 명령을 이해했다는 듯 허공에서 한 바퀴 빙그르 돈 어둠 박쥐는 조용히 베티에게로 다가갔다.

그리고 그 뒤를 바짝 쫓는 이안은, 무척이나 긴장한 표정이었다.

'초음파 공격'의 행동 불능 시간은 찰나에 가까울 정도로 짧은 수준이었다.

정확히 그 타이밍에 포획을 발동해야, 변수 없이 베티를 잡아낼 수 있을 테니 말이다.

한 번에 못 잡으면 또 포획 시도를 하면 된다고 생각할지 몰라도, 이안은 변수조차 만들고 싶지 않았다.

이런 특이한 녀석의 경우 순식간에 시야에서 사라져 버리는 신출귀몰한 도주 능력을 가지고 있을지도 몰랐으니까.

"자, 지금이야!"

이안이 명령을 내리자, 어둠 박쥐의 날개가 양쪽으로 길쭉하게 펼쳐졌다.

파르륵-!

그리고 그와 동시에.

위이잉-!

날카로운 초음파가 베티의 주변에 휘감기기 시작했다.

꾸루룩-?

갑작스런 기습에 당황했는지 허공에서 그대로 경직되어 버린 베티!

그것은 그리 길지 않은 짧은 순간이었지만, 이안은 그 타이밍을 결코 놓치지 않았다.

"포획!"

그리고 이안은 아주 깔끔하게, 원하는 바를 손에 넣을 수 있었다.

-'베티'를 포획하는 데 성공하셨습니다.

시스템 메시지를 확인한 이안은, 하얀 치아를 드러내며 환하게 웃었다.

⁂

아토즈는 요즘 하루하루가 너무 신났다.

"이거지! 이 맛에 카일란 하지!"

모든 일들이 원하던 대로 풀리는 것도 모자라, 그 이상의 성과를 내고 있었으니 말이다.

띠링-!

-레벨이 올랐습니다.
-33레벨이 되었습니다.

그도 다른 유저들처럼 카일란에 접속할 때마다 꼭 잠깐씩 커뮤니티를 확인한다.

혹시나 경쟁자라고 할 만한 유저에 대한 정보가 커뮤니티에 풀리지는 않는지 모니터링할 필요가 있었으니 말이다.

하지만 아직까지 그는 경쟁심을 느낄 만한 상대를 커뮤니티에서 단 한 번도 본 적이 없었다.

그가 31레벨이었던 오늘 오전.

그 시간을 기준으로 커뮤니티에 알려진 가장 높은 레벨의 유저는, 고작 26레벨일 뿐이었으니까.

'마법사 중 최고 레벨은 이제 겨우 20 정도이던데……. 흐흐, 역시 이 아토즈님을 따라올 사람은 아무도 없나 보군. 크흐흐!'

그나마 가장 의식할 만한 유저인 그의 지인 '루이사'또한, 아직까지 27레벨에 불과한 상황.

"게다가 이제는 '인페르널 우드 스태프'까지 착용이 가능해졌으니……. 아무도 날 따라올 수 없겠지."

띠링—!

-'마력의 강철 스태프(희귀)'아이템을 착용 해제하였습니다.
-'인페르널 우드 스태프(영웅)'아이템을 장착하였습니다.

이안으로부터 빌린 붉은 스태프를 번쩍 치켜 든 아토즈는 거의 날아갈 것 같은 기분이 되었다.

무기를 바꾼 것만으로 모든 공격 마법의 위력이 1.5배 이상은 증가하였고, 그 말인즉 그만큼 사냥 속도도 빨라졌다는 이야기였으니 말이다.

'좋아. 그럼 다시 시작해 볼까?'

새 장비에 맞춰 마법들을 다시 세팅한 아토즈는 히죽 웃으며 다시 사냥터에 뛰어들었다.

우우웅―!

 ―'체인 라이트닝' 마법의 캐스팅을 시작합니다.
 ―마나가 '전격' 속성의 원소에 감응하기 시작합니다.

그런데 바로 그때.

마법을 캐스팅하던 아토즈의 머릿속에, 문득 누군가의 얼굴이 떠올랐다.

'그나저나 그 이안이라는 녀석…… 그놈은 왜 소식이 없지?'

아직 이안에 대해서 잘 모르는 아토즈는, 무소식이 희소식이라는 사실을 깨닫지 못한 모양이었다.

베티의 포획을 아주 완벽하게 성공한 이안.

이안이 가장 먼저 한 일은 당연히 베티의 소환수 정보 창
을 확인하는 것이었다.

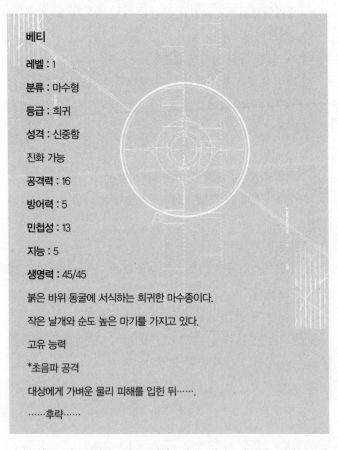

베티

레벨 : 1

분류 : 마수형

등급 : 희귀

성격 : 신중함

진화 가능

공격력 : 16

방어력 : 5

민첩성 : 13

지능 : 5

생명력 : 45/45

붉은 바위 동굴에 서식하는 희귀한 마수종이다.

작은 날개와 순도 높은 마기를 가지고 있다.

고유 능력

*초음파 공격

대상에게 가벼운 물리 피해를 입힌 뒤…….

……후략……

그리고 이 소환수 정보 창을 전부 읽은 이안은 더욱 놀란

표정이 될 수밖에 없었다.

이 베티라는 녀석이, 이안이 기대했던 것보다도 더 특별한 개체라는 것을 확인할 수 있었으니 말이다.

'마수……형이라고?'

베티의 소환수 정보를 처음 확인했을 때 이안의 눈에 가장 먼저 들어온 것은 바로 소환수의 분류.

소환수에 대해 잘 모르는 사람이 보면 뭐가 문제인지 잘 느껴지지 않겠지만 이안의 눈에는 이상한 점이 단번에 보였다.

'마수면 마수지, 마수형은 뭐야? 그리고 마수가…… 이런 일반 필드에서 등장한다고?'

보통 '마수'라 함은 마계에 서식하는 괴수형의 몬스터들을 의미한다.

평범한 소환수들과 가장 다른 점은, '연성'이 가능하다는 것.

그런데 지금 이안이 포획한 베티는 좀 특이했다.

일단 느껴지는 기운 자체가 이안이 잘 알고 있는 그러한 마수들보다 오히려 일반적인 소환수에 더 가까웠으며.

분류도 '마수'가 아닌 '마수형'으로 명시되어 있었으니 말이다.

물론 '마수'와 '마수형'이 결국 같은 분류를 의미하는 게 아니냐고 생각할 수도 있다.

하지만 이안은 두 분류가 명백히 다르다는 것을 알 수 있는 결정적인 증거를 하나 인지할 수 있었다.

'평범한 마수였으면 지금 내가 포획이 가능했을 리가 없으니까.'

마수는 본래 '마수 친화력'이라는 능력치를 가진 소환술사만 포획이 가능한데, 캐릭터가 초기화되면서 모든 직업 능력치를 잃었던 이안에게 '마수 친화력' 능력치가 남아 있을 리 없던 것이다.

"이거 재밌는데……?"

게다가 한 가지 더.

베티는 지금껏 수많은 소환수를 접했던 이안조차도 몇 번 접하지 못한 특별한 특징을 가지고 있었다.

─소환수의 이름을 정할 수 없습니다.

베티는 주인이 마음대로 이름을 바꿀 수 없는, 고유한 이름을 가진 녀석이었던 것이다.

'고작 희귀 등급 소환수가 고유 이름을 가지고 있다고?'

아직 오피셜한 정보들이 알려진 것은 아니었지만, '고유 이름'을 가지고 있는 몬스터는 보통 세계관에 하나뿐인 녀석이다.

이안의 소환수 중 루가릭스나 엘카릭스, 카르세우스같이, 어떤 시나리오상의 스토리와 연계되어 있으면서도, 대체 불가능한 포지션에 있는 존재들이 보통 고유 이름을 갖는 것이다.

그 때문에 그런 존재들은 최소 전설 등급 이상인 경우가 많았다.

시나리오에서 대체가 불가능할 정도의 존재라는 것은 결국 그만큼 영향력 있고 강력한 존재일 확률이 높다는 말과 일맥상통하는 것이니까.

뀨루룩-?

심지어 지금 이안의 눈앞에 두둥실 떠 있는 이 귀여운 녀석은 '진화 가능' 개체이기까지 했다.

'대박……! 이건 분명 대박이야!'

그래서 이안은 기대감에 더욱 부풀기 시작하였다.

소환수의 잠재력 수치는 전투 능력 성장에 가장 큰 영향을 준다.

레벨 업 시점의 잠재력이 성장 능력치에 적잖은 보정을 더해 주기 때문이다.

그런 의미에서 지금 이안의 클래스인 '테이밍 마스터'는 소환술사라는 카테고리 안에서 신화적인 클래스임이 분명했다.

이안은 그것을 '초급 훈련' 스킬을 사용하자마자 알 수 있었다.

띠링-!

−'초급 훈련' 스킬을 사용하셨습니다. (재사용 대기 시간 : 20분)

−소환수 '베티'가 10(+10)분간 소환술사의 명령을 더욱 잘 이해하게 됩니다.

−훈련을 거듭할수록 소환수의 '잠재력'이 증가합니다.

−소환수 '베티'의 현재 잠재력 : 100(+20)

−훈련이 지속되는 동안 해당 소환수의 잠재력은 +20만큼 보정됩니다.

'응……?'

'훈련' 스킬은 이안이 캐릭터가 초기화되기 전까지 하루도 빼먹지 않고 사용했던 '테이밍 마스터' 클래스의 가장 핵심적인 스킬이다.

그래서 이안은 훈련 스킬의 모든 스펙에 대해 완벽하게 기억하고 있었으며.

그렇기에 지금 이 메시지들이 당혹스러울 수밖에 없었다.

'뭐야, 초급 훈련 재사용 대기 시간이 왜 이렇게 짧아?'

스킬의 모든 스펙이 이안이 기억하던 초급 훈련을 훨씬 상회하는 수준이었으니 말이다.

'재사용 대기 시간이 20분이고 지속 시간이 20분이면……소환수 하나 기준으로는 그냥 계속 쓸 수 있다는 거잖아?'

이안의 기억에 따르면 원래 초급 훈련의 재사용 대기 시간은 35분에 지속시간은 10분이다.

초보 소환술사 시절 이안이 항상 알람을 맞춰 놓고 게임을 했었으니 아주 정확한 기억일 수밖에 없다.

'그리고…… 잠재력 보정? 이건 고급 훈련에도 없던 옵션 이야.'

그러나 가장 기가 막히는 부분은 마지막에 떠오른 한 줄의 시스템 메시지였다.

훈련이 지속되는 동안에는 훈련 중인 소환수의 잠재력이 20만큼 보정된다는 메시지.

아마도 평범한 소환술사가 이 시스템 메시지를 봤다면, 이 안을 보고 치트 플레이어라고 거품을 물 정도의 사기적인 메시지였다.

'베티의 잠재력이 100에서 시작하는 건 고유한 네임드 소환수이니 그럴 수 있다고 쳐. 그런데 여기서 20만큼 추가 잠재 보정이 들어간다고? 버그는 아니겠지?'

처음에 언급했듯 레벨 업 시 상승하는 소환수의 전투 스텟은 잠재력에 영향을 받는다.

그래서 소환수를 잘 키우려면 레벨이 최대한 낮은 시점에 최대한 높은 잠재력을 세팅하는 것이 관건.

그런데 지금 이안의 베티는 1레벨부터 100의 잠재력을 가진다. 여기에 '초급 소환술' 보정으로 20의 추가 잠재력까지 더해진다.

이쯤 되면 아마 잠재력 30~50정도의 평범한 소환수보다 거의 2배는 스텟 보정을 받을 터였다.

'초급 소환술이 이 정도면 고급까지 올렸을 때에는 어떻게 되는 거지? 보정 잠재력을 한 50정도 더 주는 거 아냐?'

신이 난 이안은 덩실덩실 춤이라도 추고 싶었다.

이렇게 되면 당장 레벨 업이 느린 것은 문제도 아니다.

베티를 잘 키워서 20레벨 정도만 만들어도 어지간한 30레벨 소환수보다 강할 테니까.

물론 등급이 같은 소환수일 때 말이다.

"좋아, 베티."

뀨룩-?

"이제부터 특훈 시작이다. 준비됐지?"

뀨루룩-?

천진한 표정으로 빙글빙글 도는 베티를 보며 이안은 히죽 웃음이 새어 나왔다.

'으흐흐, 이 형님이 널 세계 최강의 박쥐로 만들어 주마.'

이안은 이번 생(?)에서 얻은 첫 번째 소환수를 아주 강하게 키워 볼 생각이었다.

환경은 이미 완벽하게 만들어져 있었으니까.

✼

'타락한 거인의 숲'은, 레벨 스펙트럼이 꽤 넓은 편인 맵이다.

전체 필드의 평균 레벨은 '붉은 바위 봉우리'보다 3~5정도 높은 수준이었지만.

초입에 등장하는 몬스터들은 25레벨 정도로 오히려 붉은 바위 봉우리보다 더 낮았으니 말이다.

붉은 바위 봉우리의 몬스터 레벨대가 30~35정도라면, 이곳 타락한 거인의 숲에 서식하는 몬스터들은 25레벨부터 시작해서 최대 50레벨까지.

그래서 아직 유저가 거의 보이지 않는 붉은 바위 봉우리와 달리, 오히려 타락한 거인의 숲 초입에서는 심심찮게 유저를 볼 수 있었다.

20레벨대의 골렘들은 현재 상위권 유저들에게 어느 정도 만만한 사냥감이었으니까.

그리고 궁사 클래스로 벌써 27레벨이나 되는 듀프리 또한 그런 유저들 중 하나였다.

'휴우, 이제 거인의 숲에도 유저들이 제법 모이기 시작하잖아? 빨리 스펙 업 해서 상위 필드로 이동해야겠어.'

듀프리는 사실 선발대였다.

오늘 처음 이곳에 도착한 대부분의 유저들과 달리, 그는 거인의 숲에 온 지 이미 하루가 다 되어 갔으니까.

듀프리는 20레벨부터 이곳에서 사냥을 시작했었다.

'사냥터는 역시 선점이 중요하단 말이야.'

그가 이렇게 빠르게 성장할 수 있었던 이유는 타고난 궁술 덕분이었다.

정확한 사격이 DPS의 핵심인 궁사 클래스에게, 뛰어난 궁술은 치트 키나 다름없었으니 말이다.

그렇다면 듀프리의 궁술은 어떻게 이렇게 뛰어날 수 있었던 것일까?

그는 아토즈 등의 일부 유저들과 달리 기존의 계정을 삭제하고 다시 시작한 랭커는 아니었다.

듀프리는 다른 가상현실 게임 경험은 있었지만 카일란의 경우 이번 베리타스 서버가 처음이었으니까.

다만 그의 궁술이 뛰어난 이유는 그의 실제 직업 덕분이었다.

듀프리는 은퇴한 양궁 올림픽 대표 팀 선수 출신에, 금메달도 세 번이나 딴 베테랑이었다.

'고작 게임 안에서 나보다 활 잘 쏘는 놈이 있을 수가 없지.'

그래서 듀프리는 자신이 최상위권 랭커 중 하나라고 확신하고 있었다.

특히 궁사 클래스 중에는 자신보다 레벨이 높은 유저가 없을지도 모른다고 기대하였다.

거인의 숲 깊숙한 곳에서 어떤 사람을 만나기 전까지는 말이다.

핑- 피피핑-!

웬 박쥐 한 마리와 함께 숲속을 누비며 거의 신기에 가까운 궁술을 보여 주는 한 남자.

"……!"

골렘의 핵에 정확히 화살을 꽂아 넣는 남자를 보며 듀프리는 입을 쩍 벌릴 수밖에 없었다.

'자, 잘하는데?'

궁술에 있어서는 적수가 없다고 생각했던 그였기에, 저도 모르게 한 감탄에 자존심이 은근히 상했다.

'크흠, 방금은 우연이었을 거야. 저런 걸 의도해서 할 수 있을 리가 없지.'

애써 남자의 실력을 부정한 듀프리는 그를 한 번 더 힐끗 쳐다본 뒤 지나쳐 걸음을 옮겼다.

조금 더 남자의 전투를 구경하고 싶은 마음도 있었다.

그러나 먼저 도착한 친구가 필드에서 기다리고 있을 터였다.

'젠장, 안일하게 생각하면 안 되겠어. 이럴 시간에 몬스터 하나라도 더 잡아야 해.'

방금 우연히 발견한 남자에게 경쟁심을 느낀 듀프리는 오늘 30레벨을 찍기 전까지는 접속 종료를 하지 않기로 마음먹었다.

베리타스는 분명히 새로운 세계다.

지금까지 카일란의 지상계로 존재했던 대륙들과는 완전히 다른 구조와 세계관을 가진 신세계.

그렇기에 필드 몬스터들은 대부분 유저들이 이제껏 볼 수 없었던 녀석들이었다.

하지만 그렇다고 해도 완전히 없던 종족이 새롭게 등장한 것은 아니다.

이곳 타락한 거인의 숲에 등장하는 골렘들도 콜로나르 대륙에서는 볼 수 없었던 새로운 몬스터들이었지만.

그래도 '골렘'이라는 커다란 카테고리 안에는 당연히 들어가 있었으니까.

'역시. 예상대로였네.'

게다가 카일란의 몬스터들은 같은 종족끼리 많은 특징들을 공유한다.

그리고 그것은 지금 이안이 사냥 중인 골렘들도 마찬가지였다.

–'타락한 골렘'의 마나 핵을 정확히 타격하였습니다!

–'타락한 골렘'의 물리 방어력을 60퍼센트만큼 무시합니다.

–'타락한 골렘'에게 치명적인 피해를 입혔습니다!

-'타락한 골렘'의 생명력이 525만큼 감소합니다.

대부분 '골렘'들이 공통적으로 가지고 있는 약점인 마나
핵.
지금 이안의 활에 맞아 쓰러진 이 타락한 골렘들도 그 약
점을 똑같이 가지고 있었으니 말이다.

-'타락한 골렘'을 성공적으로 처치하였습니다!
-경험치를 획득합니다.

물론 골렘의 약점을 안다고 해서 아무나 공략이 가능한 것
은 아니다.
아무리 골렘의 움직임이 느리다고 해도 작은 마나 핵을 정
확히 사격하는 것은 보통 난이도가 아니었으니까.
하지만 어지간해서 화살이 빗나가는 법이 없는 이안에게
는 해당 사항이 없는 얘기였고.
그래서 이안은 순식간에 베티의 레벨을 올려 줄 수 있었
다.
1레벨이었던 베티에게 말 그대로 '폭업'을 선물한 것이다.

-소환수 '베티'의 레벨이 올랐습니다.
-'베티'가 16레벨이 되었습니다.

베티와 함께 사냥을 시작한 지 고작 1시간 반 만에 달성한 레벨!

그사이 이안의 레벨도 두 계단 올라서, 22레벨이 될 수 있었다.

사실 20레벨의 99퍼센트에서 레벨 업을 시작했기 때문에 사실상 1업이나 다름없었지만 말이다.

'좋아. 이제 슬슬 베티도 사냥에 도움이 되겠어.'

처음부터 예상한 부분이지만, 베티의 전투 능력은 어마어마한 속도로 성장 중이었다.

애초에 잠재력 100이었던 소환수를 보너스 잠재력까지 덧씌워서 키우고 있었으니.

잘못 크면 오히려 이상한 상황인 것이다.

물론 상태 이상에 강한 골렘들이 상대이기 때문에 아직 초음파 공격은 제대로 활용하기 힘들었다.

하지만 이미 스텟이 어지간한 20레벨대 몬스터들보다 훨씬 강력해진 베티는, 골렘들에게 충분히 유의미한 피해를 입히고 있었다.

그것도 아주 평범한 몸통 박치기로 말이다.

−소환수 '베티'가 '타락한 골렘'의 마나 핵을 타격합니다.

−'타락한 골렘'의 물리 방어력을 45퍼센트만큼 무시합니다.

−'타락한 골렘'에게 치명적인 피해를 입혔습니다!

-'타락한 골렘'의 생명력이 322만큼 감소합니다.

이렇게 훌륭히 성장 중인 베티를 보며 이안의 기대는 점점 더 커져 갈 수밖에 없었다.

'후후, 요 귀여운 녀석은 언제 진화하려나?'

잠재력은 처음부터 맥스였기 때문에 진화를 위해서 충족시켜야 하는 조건은 다른 부분에 있을 터.

일반적으로는 잠재력과 특정 레벨을 달성하면 진화가 가능했으니 이안은 베티가 몇 레벨에 진화해 줄지 벌써부터 기대되었다.

사실 베티의 진화를 위해 레벨 말고도 어떤 특별한 조건이 필요할지도 몰랐지만, 아직 알 수 없는 부분에 대해 벌써부터 걱정할 필요는 없었다.

'역시 소환술사는 소환수 키우는 맛에 하는 것 같네.'

이안은 베티와 합이 맞아 가기 시작하자 더욱 사냥 속도를 올렸다.

베티의 레벨이 20이 되는 순간 타락한 거인의 숲 초입을 벗어날 예정이었다.

그쯤되면 30레벨대 이상이 등장하는 더 깊숙한 필드에서도 충분한 사냥 속도가 나오기 시작할 테니까.

사실 20레벨에 베티가 진화할지도 모른다는 근거 없는 기대도 조금은 가지고 있었다.

"베티, 조금만 더 힘내 보자. 한 다섯 마리만 더 잡으면 또 레벨 업할 수 있겠어."

뀨룩— 뀨루룩—!

점점 더 많아지는 유저들 탓인지 슬슬 사냥감도 부족해지기 시작했다.

경쟁이 더 치열해지기 전에 빨리 목표를 달성하고 다음 필드로 이동해야 했다.

"베티! 조금만 시간을 끌어 줘!"

그리고 그렇게 집중해서 사냥을 시작한 지 추가로 2시간 정도가 더 지났을까?

띠링—!

이안은 거인의 숲에 진입하며 정했던 첫 번째 목표를 어렵지 않게 달성할 수 있었다.

―소환수 '베티'의 레벨이 올랐습니다.

―'베티'가 20레벨이 되었습니다.

메시지를 확인한 이안이 반짝이는 눈으로 베티를 응시했다.

'진화! 진화해랏!'

그리고 그의 기대에 부응이라도 하듯…….

우우우웅—!

베티의 주변에 새하얀 기류가 휘몰아치기 시작했다.

"오오⋯⋯!"

그래서 이안은 저도 모르게 감탄사를 터뜨릴 수밖에 없었다.

내심 기대하긴 했어도 진짜 이렇게 될 줄은 몰랐으니까.

하지만 다음 순간.

이안의 그 기대를 산산이 부수는 메시지가 눈앞에 추가로 떠올랐다.

> –첫 번째 소환수가 레벨 20을 달성하였습니다.
>
> –조건이 충족되었습니다.
>
> –소환수 '베티'를 '신수'로 등록할 수 있습니다.
>
> –한번 신수로 등록한 소환수는 30일 동안 변경할 수 없습니다.
>
> –신수로 등록된 기간 동안 소환수는 계정에 귀속됩니다.
>
> –현재 등록 가능한 신수 (0/3)
>
> ⋯⋯후략⋯⋯

아무래도 베티에게 쏟아져 내렸던 이펙트는, 진화 이펙트가 아닌 모양이었다.

신격의 성장

원래 기대가 크면 클수록 아쉬움도 더 큰 법.

베티의 진화를 기대했던 이안은 시무룩한 표정이 되었지만, 그것과 별개로 추가 개방된 '신수'콘텐츠에는 호기심이 동할 수밖에 없었다.

이것은 카일란 유저들 중 오직 '이안'에게만 주어진 콘텐츠였으니까.

'뭐, 베티야 언젠가 또 진화할 테지.'

그 덕분에 금세 아쉬움을 접은 이안은, 새로운 기대를 갖고 곧바로 신수 정보 창을 오픈해 보았다.

띠링-!

'신격'이라는 카일란 최상위 콘텐츠를 개방해야 얻을 수 있는 시스템이니만큼, 결코 어쭙잖은 콘텐츠는 아닐 터.

'신수로 등록하면 뭐가 어떻게 되는 거지?'

-'신수' 정보 창을 오픈하기 위해서는, 최소 하나의 신수를 보유
해야 합니다.

-신수를 등록하시겠습니까?

떠오른 메시지를 확인한 이안은, 곧바로 고개를 주억거리
며 베티를 신수로 등록하였다.

-소환수 '베티'를 신수로 등록합니다.

-첫 번째 신수가 등록되었습니다.

-이제부터 '사도'들이 '신수 소환' 권능을 발현하면 '베티'의 힘을
빌릴 수 있습니다.

신수로 소환수를 한 번 등록하고 나면 30일 동안은 교체할
수 없으며, 해당 기간 동안 소환수는 계정에 귀속되게 된다.

하지만 이안은 베티를 신수로 등록하는 데에 망설일 필요
는 없다고 생각했다.

어차피 신수 슬롯은 두 개나 더 남아 있었으며, 폭풍같이
성장 중인 베티를 어디 분양(?)하거나 할 일은 없을 것 같았
으니 말이다.

'신수 소환 권능이라면, 아토즈한테 생성됐던 그 스킬인가?'

그래서 신수 등록까지 마친 이안은 다시 한번 신수 정보 창을 열어 보았다.

그러자 이안이 신수로 등록한 베티의 정보 창이 자동으로 오픈되었다.

얼핏 보면 일반적인 소환수 정보 창과 다를 바 없었지만, 미묘하게 다른 느낌을 주는 신수 정보 창.

이안은 20레벨이 된 베티의 정보도 다시 한번 확인할 겸 시스템 창을 찬찬히 읽어 내려갔다.

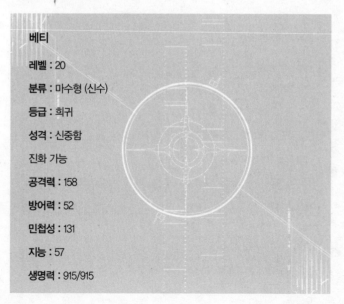

베티

레벨 : 20

분류 : 마수형 (신수)

등급 : 희귀

성격 : 신중함

진화 가능

공격력 : 158

방어력 : 52

민첩성 : 131

지능 : 57

생명력 : 915/915

*붉은 바위 동굴에 서식하는 희귀한 마수종입니다.

*작은 날개와 순도 높은 마기를 가지고 있습니다.

……후략……

베티의 정보 창에서 다른 부분은 크게 볼 것 없었다.

신수로 등록했다고 해서 능력치가 더 강화된 것은 아니었으니까.

다만 이안의 시선을 사로잡은 것은 정보 창 최하단의 '고유 능력' 탭이었는데, 여기에 지금껏 못 보던 능력이 하나 추가되어 있었다.

고유 능력 (New)

*피의 군림 (신화)

반경 20미터 내 가장 마법 공격력이 높은 대상의 앞으로 순간 이동하여,

물리 공격력에 비례하는 물리 피해를 입힙니다.

피해량만큼 대상의 생명력을 추가로 강탈하며, 처치 시 반경 30미터 이

내의 모든 적들을 1초 동안 공포 상태에 빠뜨립니다.

공포에 빠진 대상 하나당 재사용 대기 시간이 1초씩 감소합니다.

재사용 대기 시간 : 120초

'피의…… 군림?'

고유 능력에는 따로 등급이 존재하지 않는다.

때문에 피의 군림 옆에 명시되어 있는 '신화'라는 단어는, 아마 이안의 신격과 관련된 능력이기에 생겨난 수식어일 터.

하지만 그런 것과 별개로, 이 능력을 확인한 이안은 감탄할 수밖에 없었다.

'이 정도면 최소 영웅 등급 이상인 소환수가 가질 만한 능력인데…….'

대미지 계수가 얼마나 될지는 써 봐야 알겠지만, 설령 위력이 별로라고 하더라도 순간 이동 기술이면서 광역 공포까지 걸 수 있다는 사실만으로 상당히 높은 티어의 스킬임을 유추할 수 있었으니까.

'실전에서 상당히 유용하게 쓸 수 있겠어. 특히 몰이사냥을 할 땐 대박이겠고.'

그래서 베티가 진화하지 못한 데에 대한 이안의 실망감은 이제 완전히 사라졌다.

어떤 의미에서는 이 고유 능력 하나만으로 유일 등급으로 진화하는 것보다 더 나은 결과일수도 있었으니 말이다.

*신수 등록을 해제할 시 소환수 '베티'의 신화 고유 능력은 삭제됩니다.

*신격의 레벨이 상승하면 신수가 보유한 신화 고유 능력의 위력이 증가합니다.

'역시 신수이기 때문에 사용 가능한 고유 능력이었군.'

다만 '신수 등록'으로 인해 불행인지 다행인지 모를 한 가지 문제가 생겼는데…….

*신수와 함께 전투를 할 시, 획득하는 모든 경험치의 30퍼센트가 신격 레벨을 올리는 데에 사용됩니다.

*신수가 사도에 의해 소환되어 전투에 참여할 시, 전투에서 얻은 경험치 일부가 신격 레벨을 올리는 데에 사용됩니다.

"잠깐. 이건 아니지……!"

그것은 바로 그렇지 않아도 늦어진 이안의 레벨 업을 더 늦어지게 만들 꽤 치명적인(?) 함정이었다.

이안은 사실 바로 방금 전까지만 해도, 게임을 하면서 항상 한 가지 의문점을 가지고 있었다.

'대체 신격이라는 것의 레벨은 어떻게 올려야 하는 걸까?'

'첫 번째 신화'를 달성한 이후 처음 활성화됐던 '신격'의 상태 창.

그때부터 이안은 수시로 이 상태 창을 확인했지만 아직까지 신격의 레벨이 어떤 방식으로 오르는지 전혀 알 수 없었던 것이다.

물론 신격 레벨이 아직도 1레벨 0퍼센트인 것은 아니었다.

아무리 이안이 사냥해도 꿈쩍 않던 신격 경험치가 어느 순간 보면 꽤 올라 있기도 하고 그랬으니까.

그래서 지금 이안의 신격 레벨은 무려 3레벨.

현재 이안이 가진 '신격'의 상태는 다음과 같았다.

신격

상태 : 반신(Demigod)

레벨 : 3 (87%)

신력 : 8 / 성장률(22%)

*성장률이 100%가 되면 신력이 1포인트 상승합니다.

보유 중인 신화

〈붉은 바위 봉우리의 전설〉

(상세 정보)

신화로 인한 효과

모든 능력치 +1

악마(demon)타입 몬스터에게 입히는 모든 피해량 +3%

보유 중인 사도 : 1

보유 중인 신도 : 1

보유 중인 신전 : 없음

보유 중인 신관 : 없음

보유 중인 신수 : 1

······후략······

'대체 어떤 조건을 충족시켜야 신격 경험치가 움직이는 거

야?'

심지어 신격의 경험치는 평범한 경험치처럼 수치로 표시되어 있지도 않았다.

다만 신격 레벨 옆에 퍼센테이지로 명시되어 있었는데 그 수치가 100퍼센트가 되면 레벨이 오르는 방식이었던 것.

그래서 이안은 지금까지 아무리 고민해도 그 매커니즘을 이해할 수 없었다.

방금 신수가 된 베티의 정보 창의 최하단에서 새로 생성된 시스템 메시지를 보기 전까지만 해도 말이다.

'잠깐, 신수와의 전투가 신격 경험치에 영향을 미친다면……. 사도도 마찬가지일 확률이 높겠는데?'

경험치를 얻기 위해서는 당연히 뭔가를 해야 한다.

그런데 분명 이안은 아무것도 하지 않았는데 경험치가 오르는 걸 본 적이 있었다.

그 말인즉…….

'이거였네. 내 신격을 3레벨까지 만들어 준 건 아무래도 우리 사도님이었던 것 같군.'

아토즈의 노고를 깨달은 이안의 표정이 한층 밝아졌다.

신수 시스템 때문에 무거운 모래주머니(?)를 하나 차고 레벨 업을 해야 하는 격이 되어 버렸지만, 이렇게 되면 꼭 나쁘기만 한 것은 아니다.

'지금 최대로 들일 수 있는 사도가 총 다섯 명이었나?'

아토즈만큼 신실하고 성실한 사도를 최대한 빨리 확보해서 신격 레벨을 올리는 데에 박차를 가한다면.

레벨이 높아지는 것 이상으로 전투력이 강해질 수도 있을 것이다.

어차피 신격 레벨이 오르면 신력도 증가하고, 거기에 신격의 상위 콘텐츠가 개방될수록 전투력은 더 강해질 테니까.

이런 구도라면 레벨 좀 늦게 오르는 게 대수는 아닌 것 같았다.

'이거 재밌네.'

게다가 조금 더 생각해 보니, 이러한 구도에서 특장점도 하나 있었다.

일반 레벨보다 신격 레벨 위주로 많이 성장시키면 같은 레벨 대비 훨씬 강력한 전투력을 가질 수 있을 터.

'그럼 자연스레 권장 레벨보다 훨씬 더 높은 사냥터에서 앞으로도 쭉 사냥이 가능할 테고……'

그 말인즉 지금 이안이 보유 중인 '사냥의 달인' 칭호를 최대한으로 활용할 수 있다는 이야기였다.

사냥의 달인은 레벨 차이가 커질수록 추가 경험치도 더 많이 주는 칭호였으니까.

'일단 이 신격 레벨이라는 걸 어떻게 올려야 하는지 깨달았으니……. 한 10레벨 정도까지 빠르게 찍어 봐야겠어.'

머릿속에 계획이 선 이안은 곧바로 실행에 옮기기 시작했다.

"베티, 가자!"

뀨룩, 뀨루룩-!

이제부턴 타락한 거인의 숲을 샅샅이 뒤지며 레벨 업할 시간이었다.

'고고학 연구가 도르무'를 찾을 때까지 말이다.

❦

루이사는 오늘도 열심히 사냥 중이었다.

띠링-!

    -'광포한 거인'에게 치명적인 피해를 입히셨습니다!

    -'광포한 거인'을 처치하셨습니다!

    -레벨이 올랐습니다.

    -30레벨이 되었습니다.

그녀의 목표는 오로지 아토즈의 레벨을 따라잡는 것.

'후, 진짜 힘드네.'

최근 들어 루이사는 그녀의 게임 인생에서 가장 치열한 나날들을 보내고 있었다.

정말 최소한의 시간만을 캡슐 밖에서 활용하며, 거의 모든 시간을 사냥에 보내고 있는 것이다.

처음에는 아토즈를 놀려 주겠다는 장난스러운 동기부여로 시작했지만, 이쯤 되면 이제 오기가 생겨 버린 것.

'아니, 이 오빠는 왜 이리 레벨 업이 빠른 거야?'

하지만 루이사가 아무리 미친 듯이 사냥을 해도 아토즈의 레벨을 따라잡는 것은 불가능했다.

오히려 레벨 차이가 더 벌어지지 않으면 다행인 수준이었으니 말이다.

'마법사가 사냥이 빠른 구간이라고는 하지만……. 그래도 이런 속도는 너무한데?'

모든 RPG게임이 그렇지만, 당연히 레벨이 오를수록 레벨 업에 필요한 시간은 늘어난다.

그래서 완벽히 같은 속도로 사냥한다 해도 시간이 지나면 레벨 차이는 줄어들기 마련.

하지만 루이사와 아토즈의 레벨차이는 어느 순간부터 3~4레벨인 채, 그 격차는 도무지 줄어들 기미가 보이지 않았다.

그래서 지금 루이사는 이렇게 무식한 방법으로는 더 이상 안 된다는 사실을 인정할 수밖에 없었다.

'결국 선택을 해야 할 때가 온 건가?'

사실 루이사는 '타락한 거인의 숲'에서 사냥을 시작했을 즈음 한 가지 히든 피스를 얻었다.

그것은 바로 '알 수 없는 고대의 철갑 파편'이라는 아이템.

알 수 없는 고대의 철갑 파편

분류 : 잡화

등급 : 알 수 없음

고대 전사들의 갑주에서 떨어져 나온 파편으로 추정된다.

'타락한 거신의 석상'을 찾는다면 이 파편과 관련된 단서를 얻을 수 있을
것이다.

*'거신 타티누스의 전설'과 연관된 단서입니다.

*'타락한 거신의 석상'에 파편의 조각을 맞춘다면 퀘스트(히든)를 얻을
수 있습니다.

......후략......

하지만 이 히든 피스를 쫓다 보면 레벨 업이 느려질 수밖
에 없다.

그래서 루이사는 아직까지 퀘스트 진행을 보류하고 있었
다.

퀘스트를 하다 보면 아토즈의 레벨을 영영 잡을 수 없게
될지도 모르니, 일단 아토즈의 레벨을 따라잡은 뒤에 퀘스트
를 할 생각이었던 것이다.

물론 퀘스트에 소요되는 시간이 생각보다 짧고 강력한 히
든 클래스라도 얻을 수 있게 된다면 얘기가 달라질 터.

하지만 그것은 도박에 가까웠었기 때문에 이제껏 미뤄 왔었다.

"흐음."

인벤토리에서 히든 피스를 다시 한번 확인한 루이사는 마음을 굳히고 걸음을 돌렸다.

'그래, 차라리 히든 피스를 활용해 보자. 영웅 등급 이상의 대검이라도 얻는다면 또 얘기가 달라질 테니까.'

'타락한 거신의 석상'이 어디 있는지는 이미 루이사도 알고 있었다.

'타락한 거인의 숲'에서 가장 높은 봉우리 남쪽에 녹슬고 거대한 전사의 동상이 세워져 있는 것은 필드 어디에서도 보이니까.

다만 그곳에 가기 위해서는 '용맹의 다리'를 건너야 하는데, 이것이 꽤 부담스러운 미션이었다.

용맹의 다리를 지키는 수문장은 무려 40레벨이 넘는 네임드 몬스터인 '고대의 가디언'이었으니까.

아마 일대일에 강력한 전사 클래스가 아니었다면 루이사도 아직 엄두를 못 냈을 상대.

'하지만 이제 레벨도 제법 올랐고……. 한번 비벼 볼 만할테지.'

일단 결정을 한 루이사는 망설임 없이 필드를 이동하였다.

숲의 능선을 따라가며 세 곳 정도의 필드를 거치자 어렵지 않게 목적지에 도착할 수 있었다.

　띠링-!

　-'용맹의 계곡'에 입장합니다.
　-'타락한 고대 유물의 기운'이 느껴집니다.

　그런데 다음 순간.

　루이사는 뭔가 이상함을 느낄 수밖에 없었다.

　'어? 왜 다리가 비어 있지?'

　용맹의 계곡에 입장하자마자 바로 보이는 외나무다리를 지키고 서 있어야 할 거대한 골렘 가디언이 보이지 않았으니 말이다.

　의아함을 느낀 루이사는 곧바로 다리를 향해 뛰어가 보았다.

　그리고 잠시 후.

　"……!"

　루이사의 눈에 들어온 것은 바닥에 맥없이 쓰러져 있는 가디언의 회색빛 사체였다.

　'누군가 클리어했어……!'

　아직 사체가 남아 있는 것으로 봐서는, 처치된 지 길어야 5분도 지나지 않았다는 방증.

　골렘의 마나 핵에 꽂혀 있는 화살을 확인한 루이사는 저도 모르게 마른침을 삼켰다.

　선객이 누구인지는 아직 알 수 없었지만, 예상치 못했던 일이 일어나고 있다는 것만큼은 분명한 사실이었다.

　신수 등록을 마치고 나자, 신격 레벨이 빠르게 오르기 시작하였다.

　띠링—!

　　—'이지를 상실한 골렘'을 처치하셨습니다.
　　—경험치의 일부가 신격 경험치로 전환됩니다.
　　—신격 레벨이 올랐습니다.
　　—4레벨이 되었습니다.
　　—신격 레벨이 올랐습니다.
　　—5레벨이 되었습니다.

　이제까지는 아토즈로부터 간헐적으로 얻었던 경험치가 전부였으나 베티가 신수로 등록되고 나서부터는 직접적으로 얻는 경험치까지 계속 누적되었으니 말이다.

　'사도로부터 얻는 경험치보다 신수를 활용해서 얻을 수 있는 경험치가 훨씬 큰가 본데……. 아니면 사도는 멀리 떨어

져 있어서 조금밖에 경험치가 들어오지 않는 것일 수도.'

그래서 이안은 '고고학 연구가 도르무'를 찾으러 다니는 동안, 신격 레벨을 무려 여섯 단계나 올릴 수 있었다.

몬스터가 보이는 족족 닥치는 대로 사냥하기는 했지만, 그렇게 오랜 시간 동안 사냥한 것이 아님에도 불구하고 말이다.

－경험치의 일부가 신격 경험치로 전환됩니다.
－신격 레벨이 올랐습니다.
－9레벨이 되었습니다.

그리고 타락한 거인의 숲을 뒤지다 보니, 이렇게 상승한 신격 레벨의 위력을 확실하게 체험할 수 있는 상대도 하나 만날 수 있었다.

－고대의 가디언(에픽) Lv45

이안과는 무려 20레벨이 넘게 차이 나는 강력한 에픽 몬스터.

'용맹의 계곡' 입구를 지키고 있던 고대의 가디언이 바로 그 상대였다.

'잠깐. 45레벨은 좀 빡센데……'

처음 이안은 고민을 좀 했다.

어차피 도르무가 있을 것이라는 서쪽 유적은 이 용맹의 계곡을 넘어야 갈 수 있는 위치였지만.

그래도 반나절 정도 사냥으로 레벨을 조금 더 올린 다음에 도전하는 것이 안전한 선택일 테니 말이다.

하지만 결국 이안은 강행군을 선택했다.

'45레벨 네임드라 쉽지는 않겠지만……. 결국 맞아 주지만 않으면 언젠간 잡겠지.'

이안의 전투 스타일로 상대하기 가장 편한, 느려 터진 타입의 몬스터였기 때문에 여차하면 몸을 빼면 된다고 생각한 것이다.

"베티, 최대한 조심해서 싸워야 해. 한 대라도 맞으면 끝이야. 알았지?"

뀨루룩-!

하지만 전투가 시작된 직후.

핑- 피피핑-!

-'고대의 가디언'의 마나 핵에 화살이 적중했습니다!

-'고대의 가디언'의 마나 핵에 화살이 적중했습니다!

……중략……

-'신력'으로 인해 위력이 증폭됩니다.

-약점을 타격하여 위력이 증폭됩니다.

-연속으로 약점을 타격하여, 중첩되었던 모든 피해량이 증폭됩

니다.

지직- 지지직-!
퍼퍼펑-!
'잠깐…… 이게 무슨 딜이지?'
이안은 다른 의미에서, 두 눈이 휘둥그레질 수밖에 없었다.

─순간적으로 막대한 피해를 입어 가디언의 '마나 핵'이 훼손되었
습니다.
─'고대의 가디언'의 움직임이 20%만큼 느려집니다.
─'고대의 가디언'의 저항력이 30%만큼 감소합니다.
─'고대의 가디언'이 '분노' 상태가 되었습니다.
─'고대의 가디언'의 공격력이 30%만큼 증가합니다.

신력에 휘감긴 권능의 화살은, 이안이 상상했던 것보다 훨
씬 더 어마어마한 위력을 보여 주고 있었으니 말이다.
이안은 당연히 이 '고대의 가디언'이라는 몬스터를 상대해
보는 것이 처음이다.
이 녀석은 콜로나르 대륙에는 없는 몬스터였으니까.
하지만 비슷한 기믹을 가진 골렘 종의 몬스터를 셀 수 없
이 많이 상대해 봤다.
그렇기 때문에 방금 떠오른 메시지가 어떤 의미인지 이안

은 잘 알고 있었다.

'마나 핵 훼손이면 단번에 마나 실드를 부숴 버려야 발생하는 효과인데…….'

마나 실드는 일부 골렘들이 가지고 있는 특성인데, 말 그대로 대미지를 흡수하는 실드였다.

일반적으로 자신이 가진 총 내구력의 20퍼센트 정도를 마나 실드로 가지는 게 보통.

마나 실드는 마나 핵을 타격해야만 부술 수 있는데, 마나 실드가 활성화되어 있는 골렘은 모든 피해를 35퍼센트 적게 받는다.

그렇기 때문에 이 실드를 빠르게 파괴하는 것이 이런 종류의 골렘을 공략하는 핵심 공략법이었는데, 이안은 연사 한 번으로 이것을 부숴 버린 것이었다.

그러니까 쉽게 말해서 단 한 팀의 공격만으로 가디언이 가진 총 내구력의 20퍼센트 정도를 날려 버린 셈.

'마나 핵의 방어력이 골렘의 외피보다 약한 편이기는 하지만…….'

신력이 담긴 '권능의 화살'의 위력이 얼마나 강력한 것인지.

신격 레벨을 본격적으로 올리기 시작하자 비로소 체감이 확 오기 시작한 것.

사실 거인의 숲 초반부의 일반 몬스터들을 상대할 때에는 신격 레벨의 위력을 크게 체감하지 못했다.

오히려 붉은 바위 봉우리보다 더 낮은 레벨대의 몬스터들이 대부분이다 보니 어차피 너무 쉬운 상대들이었던 것이다.

하지만 방금 이안이 상대한 적은 무려 45레벨의 네임드 몬스터.

이안조차도 꽤나 긴장하며 전투에 돌입했건만, 채 10분도 걸리지 않아 순식간에 삭제해 버렸다.

    -'고대의 가디언'을 처치했습니다.
    -'고대의 가디언'을 단 한 번의 공격도 허용하지 않고 처치했습니다.
    -〈거신 도살자〉 칭호를 획득했습니다.

이 정도의 파괴력이면 궁수 기준으로 최소 30레벨 중반 이상은 돼야 만들어 낼 수 있는 위력이었다.

'장비도 가장 좋은 것들로 도배를 해야 이 정도겠지.'

그래서 이안은 점점 더 신나기 시작했다.

신격이라는 것의 위력이 이 정도로 강력하다면, 이 베리타스 서버의 콘텐츠들도 싹 다 독식해 먹을 수 있을 것 같다는 확신이 들었으니까.

'좋았어. 사실 이 정돈 돼 줘야 랭킹 1위 초기화 특전이라고 할 수 있지 않겠어?'

이안은 '고대의 가디언'이 드롭한 아이템들을 알뜰하게 챙기고는 콧노래까지 부르며 용맹의 계곡을 건넜다.

하지만 이안의 이 행복 회로가 언제까지 활활 타오를지는 지켜봐야 알 일이라고 할 수 있었다.

❈❈

누군가(?)가 클리어해 둔 고대의 가디언 덕에 루이사는 금세 목적지에 근접할 수 있었다.

띠링—!

—타락한 거인의 숲, '부패한 봉우리'에 진입합니다.
—'타락한 고대 유물의 기운'이 더욱 강렬히 느껴집니다.

하지만 필드 깊숙이 들어갈수록 루이사는 더욱 긴장해야만 했다.

'먼저 들어온 유저가 누군지 알아야 해.'

그녀가 긴장한 가장 큰 이유는 선객의 '진영'을 알 수 없기 때문이었다.

'가디언을 처치하고 지나온 유저라면, 나도 승리를 장담할 수 없을 거야.'

기존의 카일란 지상계는 특별한 경우가 아니면 인간 진영과 마족 진영이 만날 일이 거의 없었다.

하지만 이곳 베리타스는 시작 지점부터 인간과 마족이 공존하는 차원계.

완전히 초반 지역이야 두 진영이 마주칠 일이 없지만, '타락한 거인의 숲'부터는 그렇지 않았다. 이 드넓은 숲의 서쪽은 마족 진영의 스타팅 포인트와도 꽤 가까운 편이었으니까.

'피지컬이 높게 세팅된 마족들은 초반 성장이 인간보다 빠르다고 했어. 이 시점에 가디언을 잡고 들어올 만한 유저면 마족일 확률이 상당히 높아.'

특히 지금 루이사의 목적 지점인 '타락한 거신의 석상'이 있는 봉우리는 숲의 서쪽에 인접한 위치였다.

이는 상위권 마족 유저를 만난다고 해도 크게 이상하지 않은 지점이라는 뜻이었다.

여하튼 그런 이유로 루이사는 긴장의 끈을 놓지 않은 채 천천히 봉우리로 등반하고 있었다.

촤아앙-!

　-'이지를 상실한 골렘'에게 치명적인 피해를 입혔습니다.
　-'이지를 상실한 골렘'을 처치하셨습니다.

히든 피스를 손에 넣기 전까지는 사냥조차도 최소화할 생각이었다.

'이제 슬슬 다 와 가는 것 같은데……'

그런데 그렇게 봉우리의 중턱을 지났을 때쯤.

루이사는 또 한 번 경악스런 장면을 발견하게 되었다.

치이이이익-!

필드의 탁 트인 공간 한복판에 세 구의 사체가 널브러져 있었던 것이다.

"……!"

너무 놀란 루이사는 비명을 지를 뻔했지만, 침착하게 심호흡을 한 뒤 시체들의 인근으로 다가갔다.

'설마…… 유저인가?'

그리고 다음 순간.

"허억!"

이번에는 참지 못하고 헛바람을 집어삼킬 수밖에 없었다.

쓰러져 있는 세 구의 시체는 다름 아닌 마족 유저들의 것이었으니 말이다.

"미, 미친……!"

이미 사체는 까맣게 변해 버렸기 때문에, 유저들에 대한 정보는 알 수 있는 것이 별로 없었다.

그나마 한눈에 알 수 있는 것은 세 사람의 직업 정도.

'두 사람은 전투마(마족 진영의 전사 클래스), 한 명은 마령술사(마족 진영의 흑마법사 클래스)야.'

레벨에 대한 정보는 없었지만, 어느 정도는 유추할 수 있었다.

'레벨은…… 못해도 25레벨 이상이겠지. 아니, 장비 퀄리티를 보면 30레벨 이상일지도…….'

'고대의 가디언'을 클리어(?)하고 넘어왔다는 점과, 사망 순간에 착용한 장비 정도는 참고가 가능했으니 말이다.

'후우, 미치겠네. 어떤 상황인지 감도 안 오는데…….'

생각지도 못했던 상황을 만난 루이사는 머리가 어질어질할 지경이었다.

마족 유저들의 사체를 두 눈으로 확인했으니 얼마든지 이 필드 안에 다른 마족 유저가 있을지도 모른다는 가능성이 생겼고.

그것과 별개로 이들이 사망할 만큼 강력한 어떤 존재가 이 필드 안에 존재한다는 것이었으니.

말 그대로 호랑이굴에 들어온 기분이 되어 버린 것이다.

'지금이라도 귀환 주문서 찢어야 하나…….'

진지하게 고민하던 루이사는 결국 고개를 가로저었다.

여기까지 오는 데 걸린 시간과 노력을 생각해 보면, 조금 무섭다고 귀환하는 것은 너무 큰 손해였으니 말이다.

'히든 피스만 얻으면 바로 빠져나와야겠어. 죽어서 하루 날리면…… 그땐 진짜 아토즈 오빠 꽁무니도 못 쫓아갈 거야.'

그래서 마음을 다시 다잡은 루이사는, 더욱 긴장을 끌어올리며 봉우리를 오르기 시작하였다.

"흣차……!"

그렇게 15분 정도가 더 지났을 무렵.

'저기야……!'

루이사는 결국 무사히, '타락한 거신의 석상' 앞에 도착할
수 있었다.

　

　–타락한 고대 유물을 발견했습니다.

　–'알 수 없는 고대의 철갑 파편'이 진동하기 시작합니다.

　

타탓–!

주변을 살핀 뒤 빠르게 석상 앞으로 다가선 루이사는 철
갑 파편을 꺼내 들고는 그것을 끼워 넣을 위치를 찾기 시작
하였다.

이 파편의 조각을 맞추는 것이 히든 퀘스트의 발동 조건이
었으니까.

우우우웅–!

다행히도 파편의 조각을 끼워 넣을 위치를 찾는 것은 어렵
지 않았으며…….

철컥–!

　

　–'알 수 없는 고대의 철갑 파편'을 원래의 위치에 복원하였습니다.

　–조건이 충족되었습니다.

–히든 퀘스트가 발동합니다.

'됐어……!'
그녀가 기대했던 대로 히든 퀘스트는 발동되었다.
띠링–!

–'거신 타티누스의 석상 복원 Ⅰ(히든)' 퀘스트가 발동합니다.

그런데 다음 순간.
루이사는 마족 유저들의 사체를 발견했을 때 이상으로 당황할 수밖에 없었다.

–조건이 충족되었습니다.
–'거신 타티누스의 석상 복원 Ⅰ(히든)' 퀘스트를 성공적으로 완료하였습니다.

"뭐라고……?"

–보상으로 155,000골드를 획득하였습니다.
–보상으로 1,253,250경험치를 획득하였습니다.
–레벨이 올랐습니다.
–31레벨이 되었습니다.

……중략……

-'잊힌 타티누스의 대검(봉인)' 장비를 획득하셨습니다.

-히든 클래스, '패력 검사'로 전직할 수 있습니다.

그녀는 분명 아무것도 하지 않았음에도 불구하고, 마음대로 퀘스트가 완료되며 어마마한 보상이 쏟아져 들어왔으니 말이다.

노디스는 믿을 수 없었다.

'대체 이게 무슨……!'

처음 타락한 거인의 숲에서 인간 진영의 유저를 만났을 때에는 이게 웬 떡이냐 싶었다.

물론 지금 시점에 이렇게 깊숙한 거인의 숲까지 들어왔다는 말은 녀석도 랭커라는 방증이겠지만.

인간 유저는 분명 그 녀석 한 놈뿐이었고 노디스의 일행은 셋이었으니 말이다.

게다가 놈은 PK에 약한 궁수로 보였고, 이쪽은 대인전 최강의 클래스인 전투마 둘에 강력한 마령술사까지 하나.

지려야 질 수가 없다고 생각했다.

'명성치가 공짜로 굴러들어온 줄 알았는데…….'

상대 진영의 유저를 처치하면 막대한 양의 명성치를 얻을 수 있는 데다가 마족의 쉘터에서 짭짤한 보상도 얻을 수 있다.

　그래서 노디스의 일행은 설레는 마음으로 녀석에게 다가갔다.

　혹시나 도주할 수도 있으니 철저하게 주변을 에워싸며 말이다.

　"흐흐, 간덩이가 부은 녀석이군."

　"응? 내가?"

　"인간 진영 유저가 여기까지 어떻게 혼자 들어올 생각을 하지?"

　하지만 녀석은 전혀 당황하지 않았다. 오히려 능글맞은 표정으로 노디스에게 이죽거리기까지 했으니까.

　"뭐야, 비겁하게 셋이서 같이 덤비려고?"

　"비겁은 무슨……. 그냥 네 무모함의 대가라고 생각해라."

　"어이구, 무서워라."

　그 반응에 어이가 없어진 노디스와 그의 일행은 곧바로 녀석에게 달려들었다.

　"쯧, 허세를 부린다고 통할 줄 아나."

　하지만 그 결과는…….

　처참하다 못해 굴욕적인 수준이었다.

　-'파쇄의 참격'이 빛나갔습니다!

Taming
master
테이밍마스터
시즌3

-'???'로부터 치명적인 피해를 입었습니다!

　시작부터 생명력이 빈약한 마령술사가 먼저 갈려 버린 것이 가장 큰 패착이었다.

　마령술사 델크론이 기습적인 화살 연사를 단 한 발도 피하지 못하고 전부 맞아 버렸고.

-파티원 '델크론'이 치명적인 피해를 입었습니다!
-파티원 '델크론'이 연속적으로 치명적인 피해를 입었습니다!
-파티원 '델크론'이 '위급' 상태에 빠졌습니다!

　그에 연계되어 박쥐같이 생긴 녀석의 소환수가 고유 능력을 발동하자 그대로 즉사해 버린 것이다.

-'???'의 소환수 '베티'가 '피의 군림'을 발동합니다.
-파티원 '델크론'이 사망했습니다.

　게다가 여기서 끝이 아니었다.

-공포의 회오리가 몰아칩니다.
-'공포' 상태에 빠졌습니다.

박쥐의 고유 능력에 의해 델크론이 사망하자 부가 효과인 광역 공포까지 발동돼 버린 것.

    -'공포' 상태입니다. 움직일 수 없습니다.
    -일시적으로 공격 속도가 대폭 감소합니다.

공포는 고작 1초뿐 이었지만, 마족 유저들에게는 그 1초가 그야말로 억겁의 시간처럼 느껴졌다.
이 미친 궁사 녀석은 피지컬이 어떻게 생겨 먹은 것인지.
그 1초 사이에 무려 세 발의 화살을 발사했으니 말이다.

    -'???'로부터 치명적인 피해를 입었습니다!
    -'???'로부터 치명적인 피해를 입었습니다!
    ……후략……

물론 전투마의 맷집은 마령술사보다 훨씬 더 단단하다.
공포에 걸려 있는 시간 동안 사망에 이르지는 않았으니까.
하지만 그렇다고 해서 달라지는 것은 없었다.
"뭐야, 왜 이렇게 느려!"
"으으……!"
"야, 너희 반응이 너무 느려서 내 예측샷이 빗나갈 뻔 했잖아."

"……."

제대로 된 공격 한 번을 성공시켜 보지도 못한 채로, 나머지 둘 역시 거의 일방적으로 인간 유저에게 두들겨 맞았으니까.

'어떻게 스킬 한 번을 못 맞출 수가 있는 거지?'

그렇게 10분 정도가 지났을 때.

세 사람은 모두 사이좋게 필드에 드러눕게 되었다.

그리고 생명력이 꺼져 가는 노디스를 향해 인간 남자는 이죽거리며 마지막 화살을 겨누었다.

"역시 비겁한 놈들은 실력이 없어."

능글맞은 표정으로 중얼거리는 남자의 표정은 마치 처음부터 이렇게 될 걸 알고 있었던 듯했다.

삼 대 일로 PVP를 하면서도 단 한 번도 실수하지 않았으며, 긴장된 표정을 보이지도 않았으니까.

"하, 한 번만 봐주면 안 될까?"

"싫어. 너희 컨트롤을 보다가 내 눈이 썩었거든."

혹시나 해서 구걸도 해 봤지만 역시나 그런 것이 통할 리는 없었고.

핑- 피피핑-!

"크허억-!"

빈사 상태가 된 노디스의 머리에 남자의 화살이 정확하게 틀어박혔다.

마지막까지도 남자의 실력은 군더더기 없이 깔끔하였다.

띠링-!

  -모든 생명력이 소진되었습니다.

  -사망하셨습니다.

  -사망으로 인해 일부 장비들을 드롭합니다.

  -퀘스트 아이템, '알 수 없는 고대의 철갑 파편 ×2'을 잃어버렸
습니다.

  -퀘스트에 실패하셨습니다.

  ……후략……

  눈앞에 희미하게 떠오르는 메시지들을 확인하는 전투마
유저, 노디스는 엄청난 분함을 느꼈다.

  하지만 그가 할 수 있는 것은 어질어질한 정신 줄을 붙잡
으며 캡슐에서 빠져나오는 것뿐.

  "제기랄!"

  마족 유저들 중에 제법 상위권 그룹에 속했던 자신이다.

  그런데 한 번의 판단 실수로, 치명적인 대미지를 입게 되
었다.

  히든 퀘스트가 연계되어 있는 퀘스트 아이템을 잃어버린
것도 타격이었지만, 더 큰 것은 사망 페널티로 인해 하루를
날려 먹게 된 것.

초반 구간에서 하루는 그야말로 어마어마한 영향력이 있는 시간이었다.

'휴우, 이제 욕심은 버리고 적당히 플레이해야 하나.'

원래도 랭커가 간당간당하긴 했지만, 이제는 최상위권 유저들과 꿈도 꿀 수 없을 만큼 커다란 격차가 벌어질 터.

노디스의 입에서 한숨이 새어 나오는 것은 당연한 수순이었다.

'젠장, 분명 스펙은 우리가 훨씬 앞섰는데…….'

박쥐처럼 생긴 요상한 소환수 한 마리를 데리고 다니는 그 인간 유저는 분명히 강력했다.

화살 한 방에 생명력이 뭉텅이로 빠져나가는 것을 보면 녀석 또한 30레벨 이상의 궁수일 게 확실했으니 말이다.

하지만 그렇다고 해서 삼 대 일 싸움을 질 정도로 스펙이 엄청난 것도 아니었다.

다만 패배한 원인은…….

'우린 한 대도 못 때렸고, 놈은 한 발도 빗나가지 않았지.'

그냥 완벽히 인정할 수밖에 없는 어마어마한 실력의 차이였다.

노디스는 카일란을 이번에 처음 시작했지만 오래 전부터 카일란 랭커들의 영상을 즐겨 시청하는 편이었다.

그런데 오늘 만난 이 녀석은 그가 봤던 그 어떤 랭커보다도 실력이 떨어지지 않는 것 같았다.

그게 아니라면 이렇게까지 농락당한 것은 말이 되질 않았다.

'심지어 별다른 궁술 스킬도 사용하지 않았어. 그냥 활만 쐈을 뿐인데…….'

분통을 터뜨린 노디스는, 찬물로 샤워를 한 뒤 침대에 벌렁 드러누웠다.

사실상 최상위 그룹에서는 낙오된 것이나 다름없었으니 잠이라도 푹 잘 요량이었다.

한편 노디스 일행을 좌절시킨 뒤 유유히 전리품을 회수해서 자리를 떠난 남자.

이안은 지금, 뭔가 불편한 표정이었다.

"쳇, 이런 식으로 뒤통수를 맞을 줄이야."

이안의 심기가 불편한 이유는 다른 것이 아니었다.

호박이 넝쿨 채 굴러들어왔다고 생각했는데, 그중 일부가 알고 보니 속이 텅 비어 있었으니 말이다.

'경험치에 명성에 히든 피스까지 싹 다 쓸어 담는 줄 알았는데…….'

햇병아리(?) 마족 유저 셋을 혼내 주며 얻었던 전리품들 중, 가장 이안의 마음에 들었던 것은 바로 '알 수 없는 고대의 철갑 파편'이라는 퀘스트 아이템이었다.

카일란의 고인물 중에서도 고인물인 이안은 이 아이템에 상당한 가치의 히든 퀘스트가 담겨 있음을 바로 알 수 있었다.

그래서 곧바로 아이템 설명에 따라 '거신 타티누스의 석상'으로 향했던 것이다.

하지만 철갑 파편을 석상에 맞춰 끼웠을 때.

띠링-!

-'알 수 없는 고대의 철갑 파편'을 원래의 위치에 복원하였습니다.
-조건이 충족되었습니다.

이안의 기대는 폭삭 무너질 수밖에 없었다.

-히든 퀘스트가 발동합니다.
-다른 '신격'과 연관되어 있는 퀘스트입니다.
-'신격'을 보유한 유저이므로, 히든 퀘스트를 수령할 수 없습니다.

'뭐라고……?'

전혀 생각지도 못했던 메시지와 함께 히든 퀘스트로부터 입구 컷(?)을 당했으니 말이다.

-'거신 타티누스의 석상 복원 Ⅰ(히든)'퀘스트의 발동이 중지됨

니다.

　-'알 수 없는 고대의 철갑 파편 ×2' 아이템이 석상에 귀속됩니다.

　이안은 콜로나르 대륙에서 '신격'과 연관된 퀘스트들을 많이 해 본 적이 있었다.

　신룡과 관련된 퀘스트들만 하더라도, 전부 한국 서버의 신들과 연관되어 있는 퀘스트들이었으니 말이다.

　그래서 이안은 이런 종류의 퀘스트가 얼마나 막대한 보상을 주는지 잘 알고 있었고.

　그것이 지금 이안의 심기가 불편한 이유였다.

　'너무하네. 신격 좀 가지고 있다고, 어? 히든 퀘스트를 막아 버리는 게 말이나 돼?'

　사실 '알 수 없는 고대의 철갑 파편'을 얻기 위해서 별다른 고생을 한 것도 아니다.

　제 발로 걸어들어온 어수룩한 마족 유저 셋을 처치했다가 운 좋게 주운 것에 불과했으니 말이다.

　하지만 과정이 쉽건 어려웠건, 줬다 뺏는 것은 기분이 나쁜 법.

　"이게 다 멍청한 마족 놈들 때문이야."

　괜히 마음이 상한(?) 이안의 화풀이 대상은 다른 마족 유저들이었다.

　타락한 거인의 숲 안에 들어와 있는 선량한 마족 유저들을 열심히 찾아서 PK하기 시작한 것이다.

'도르무인지 뭔지, 그 할배를 찾을 때까지만이라도 PK를 좀 해 봐야겠어. 이거 오랜만에 하니까 손맛이 좋네.'

그 탓에 영문도 모른 채, 죽어가기 시작한 마족 유저들!

－마족 진영의 유저 '시프루'를 처치했습니다.

－명성이 150만큼 증가합니다.

－마족 진영의 유저 '클립스'를 처치했습니다.

－명성이 115만큼 증가합니다.

－마족 진영의 유저…….

……중략……

－'마족 학살자' 칭호를 얻었습니다.

－이제부터 50레벨 이하의 마족을 처단했을 시 명성 획득량이 대폭 줄어듭니다.

－이제부터 30레벨 이하의 마족을 처단했을 시 명성을 획득할 수 없습니다.

타락한 거인의 숲 서쪽 필드는, 마족 진영의 스타팅 포인트와 꽤 가까운 편이다.

인간 진영으로 치자면 붉은 바위 봉우리보다 조금 먼 정도.

그렇기에 필드를 뒤지다 보니 마족 유저들은 생각 이상으로 숫자가 많았고, 그들은 전부 이안의 희생양이 되어 버렸다.

이것은 전부 '고고학 연구가 도르무'가 이안의 앞에 빨리 나타나지 않은 탓(?)이기도 하였다.

"대체 도르무 아재는 어디 있는 거야?"

이안 한 사람 때문에 초반 지역 사냥터를 하나 잃어버린 베리타스의 마족 유저들!

하지만 이안 덕분에 어마어마한 수혜를 얻은 사람도 한 명 있었다.

'크, 미쳤어! 이런 날로 먹는 퀘스트라니!'

그 사람은 바로 이안이 타티누스의 석상에 버리고 간 철갑 파편 덕분에 '패력 검사'라는 상위 티어의 히든 클래스를 얻은 데다 강력한 무기까지 갖게 된 루이사!

그녀가 얻은 무기인 '잊힌 타티누스의 대검'은 무려 전설 등급이었다.

그래서인지 봉인된 상태임에도 어지간한 영웅 등급 무기 이상의 위력을 내는 강력한 아이템이었다.

그리고 이 말인즉, 루이사의 전투력이 최소 1.5배 이상 강력해졌다는 뜻이었다.

'이제 아토즈 오빠 정도는 순식간에 따라잡을 수 있겠지.'

게다가 한 가지 더.

그녀는 이안이 마족들을 몰아내 버린 덕분에 아주 쾌적해진 타락한 거인의 숲 서쪽 필드에서 누구의 방해도 받지 않은 채 미친 듯이 사냥을 할 수 있었다.

"이 사냥터는 또 왜 이렇게 꿀이야? 유저가 왜 아무도 없는 거지?"

물론 이 모든 은총을 누가 내린 것인지는, 신의 은총을 받는 루이사는 몰랐다.

은총을 내린 신조차도 몰랐지만 말이다.

전설의 흔적

베리타스 서버.

마족 진영의 비공개 게시판은 난리가 났다.

 ─와, 미치겠네. 타락한 거인의 숲에서 PK당해서 하루 날림.

 ─헐. 벌써 거인 숲 사냥하실 정도면 거의 30레벨 계정 아니에요?

 ─ㅇㅇ 32랩이었음.

 ─헐…… 개아깝다. 그 정도면 랭커 노려 보실 만했는데…….

 ─??? 타락한 거인의 숲요?

 ─네, 맞아요. 왜요?

 ─저도 거기서 PK당했거든요.

 ─……? 진짜요?

―전 레벨이 님보다 좀 낮긴 했는데……. 뭐 제대로 반응도 못 해 보고 원거리에서 저격당해 죽었어요.

―저격이면…… 혹시 궁수?

―네, 얼굴은 보지도 못했음. 정신 차리고 보니 화면이 까만색이 돼서…….

―뭐야, 우리만 거기서 당한 게 아니잖아?

―님들도 PK당했어요? 타락한 거인의 숲에서?

―네, 저도 궁수한테 당함.

―미친! 전부 한 놈이 벌인 짓인 것 같은데, 이거?

―와 어떤 새끼지? 인간 진영 유저겠죠?

―ㅇㅇ 그럴 수밖에 없음. 같은 마족끼리 PK였으면, 이미 악명 누적돼서 척살 목록에 떴을 테니까요.

마족 진영의 게시판에 난리가 난 이유는 수많은 유저들이 같은 장소에서 PK를 당했기 때문이었다.

PK야 카일란 어느 서버든 심심찮게 일어나는 일이었지만, 이렇게 최상위 그룹이 사냥하는 사냥터에서 많은 유저들이 동시다발적으로 당하는 일은 흔치 않았던 것이다.

공개 게시판에서 이슈화되지 않고 마족 진영 비공개 게시판만 난리가 난 이유는 PK당한 유저들이 전부 마족 진영의 상위권 유저들뿐이기 때문이었다.

이미 베리타스 서버의 커뮤니티에도 진영 간 대립 구도가

슬슬 만들어지기 시작하고 있었기 때문에, 이런 이야기를 공개적으로 이슈화시키는 것은 마족 유저들의 입장에서 피하고 싶은 일이었다.

> -하, 진짜 한 놈인 것 같은데, 척살대라도 만들까요?
> -조심해야 함. 실력 하나만큼은 진짜 끝내주는 놈임.
> -맞아요. 혼자서 마족 랭커 스물 이상을 죽인 놈이에요.
> -비겁하게 멀리서 기습해서 그런 거 아님?
> -노노. 먼저 공격했다가 역으로 당한 분도 봤음.
> -그래 봤자 궁수임. 마령술사로 하드CC 걸고 뚜까 패면 지가 어쩌겠음?

현재 마족의 상위권 유저들은 사실상 초반 지역 사냥터 한 곳을 잃어버린 상황이었다.

하루 내내 타락한 거인의 숲에 들어간 유저들 전부가 싸늘한 주검이 되어 돌아오다 보니, 어지간한 담력으로는 진입할 엄두 자체를 내지 못하는 것이다.

실력에 자신 있는 랭커들도 마찬가지였다.

굳이 모험을 감행하는 것보다 안전한 사냥터에서 조금이라도 많이 경험치를 쌓는 것이 랭커 자리를 굳히는 길인 것을 누구나 알았으니까.

하지만 하루가 지나고 이틀이 지나자 마족 유저들은 더 이상 참을 수 없다고 생각했다.

-놈을 잡을 수만 있다면, 지금까지 다른 분들이 드롭하신 장비들도 전부 회수할 수 있을 겁니다.

-맞아요. 아직 경매장 창고도 이용이 불가능한 상황이니, 전부 인벤토리에 들고 있을 겁니다.

-제대로 팀 꾸려서 가시지요. 각개격파만 당하지 않는다면 제아무리 날고뛰는 놈이라도 어쩔 수 없을 겁니다.

특히 '그'에게 당해 하루의 시간을 날린 뒤 다시 접속한 유저들이 척살 팀을 꾸리는 데에 가장 적극적이었다.

-제가 녀석의 인상착의를 대충 압니다.

-오, 정말입니까?

-놈은 분명 구릿빛 징이 박힌 가죽 투구를 착용하고 있었어요.

-고블린 장비 말씀하시는 거죠?

-맞습니다.

-좋아요. 그럼 시프루 님이 선두를 맡아 주세요.

-열 명 정도 뭉쳐서 가면 충분하겠죠?

-확실하게 하는 게 좋으니까, 열다섯 정도 모아서 갑시다.

-좋습니다!

-드롭된 템은 전부 주인을 찾아주기로 하지요.

-당연히 그래야죠.

이를 바득바득 갈며 모인 마족 유저들은 마치 보스 레이드라도 떠나듯 단단히 준비하고는 타락한 거인의 숲으로 출발했다.

※

그리고 이들이 출발하던 그때.

"흐음. 드디어 찾은 건가?"

이 사달을 만들어 낸 원인 제공자는 콧노래를 부르며 퀘스트를 진행하고 있었다.

타락한 거인의 숲 서쪽 지역은 무척이나 넓었다.

하지만 이안이 이렇게까지 오래도록 '고고학 연구가 도르무'를 찾지 못했던 이유는 그가 필드 안에서 계속 움직이고 있었기 때문이었다.

'후, 한번 지났던 곳이라고 확인 안 했으면 또 놓칠 뻔했네.'

쓸데없이 정교한 카일란의 시스템은 NPC도 자신의 목적에 따라 자유롭게 움직이도록 설계되어 있었고.

그래서 이안은 결국 전 맵을 몇 번이나 이 잡듯 뒤지고 나서야 겨우 도르무를 만날 수 있었던 것이다.

그것이 바로 이안이 하루 종일 PK를 하게 된 이유!

결과적으로 이안이 도르무를 찾아낸 위치는 정말 구석지고 깊숙한 곳에 있는 고대 거인의 유적지였다.

"안녕하세요."

"으음? 뉘신지……?"

"아저씨가 소환술사 길드 소속, 고고학 연구가 도르무 님…… 맞으시죠?"

이안의 부름에 고개를 돌린 도르무는, 끼고 있던 돋보기안경을 벗으며 고개를 갸웃거렸다.

"흐음, 그렇소만. 날 어떻게 알고 있는 게요?"

"반갑습니다. 저는 이안이라고 합니다. 길드마스터께서 주신 서신을 전달해 드리기 위해 왔습니다."

"음……?"

당연히 이안이 도르무를 찾아온 가장 큰 이유는 '핏빛 갈기 늑대'와 관련된 정보를 얻기 위해서다.

길드마스터로부터 받은 심부름이야 부수적인 목표에 지나지 않았으니까.

하지만 도르무는 이안과 친밀도가 전혀 형성되어 있지 않은 처음 만나는 NPC였고.

이런 경우에 다짜고짜 필요한 것을 이야기할 경우 친밀도 형성에 좋지 않았다.

현실 세계에서도 첫인상이 중요하듯, 카일란 NPC들의 호

감을 사기 위해서는 접근할 때의 방법도 무척이나 중요했던 것이다.

그래서 이안은 길드마스터 세인으로부터 받은 서신을 먼저 도르무에게 건넸다.

띠링-!

　-'고고학 연구가 도르무'에게 '세인의 친필 서신'을 전달했습니다.
　-'세인의 부탁' 퀘스트를 성공적으로 완수했습니다.

세인의 서신을 이용해서, 도르무의 경계심을 누그러뜨리고 친밀도를 조금이라도 형성할 필요가 있었으니 말이다.

　-3,500골드를 획득했습니다.
　-'고고학 연구가 도르무'와의 친밀도가 소폭 상승합니다.

그리고 이안의 의도대로, 도르무는 좀 더 친절한 목소리가 되었다.

"호오, 정말 마스터께서 보낸 서신이로군."

"그렇습니다, 도르무 님."

"이안이라고 했나?"

"넵."

"먼 길 오시느라 너무 고생하셨소."

"별 말씀을요. 하핫!"

이안은 서신을 전달한 이후에도 곧바로 본론을 꺼내지 않았다.

같은 목적을 가지고 NPC에게 접근하더라도 친밀도를 가능한 최고치까지 올려 둔 뒤에 말을 꺼내야 더 많은 것들을 얻어 낼 수 있기 때문이었다.

그에 더해 대화의 과정에서 NPC에 대한 정보를 수집하는 것도 게임을 진행하는 데에 있어 여러모로 도움 되는 것.

"그나저나 도르무 님께서는 고대의 소환수들에 대해 연구하신다고 들었습니다."

"오오, 그렇소이다. 그대도 혹시 고대 소환수들의 흔적에 관심이 있는 것이오?"

"소환술사라면 누구나 당연히 그렇지 않겠습니까?"

"하하핫! 맞는 말씀이오. 고대에는 지금보다 훨씬 더 다양한 소환수들이 존재했거든."

그리고 도르무와의 대화 과정에서 이안은 궁금증도 조금씩 생겨났다.

'이 할배가 말하는 고대의 소환수라는 건 뭘 의미하는 걸까?'

이안이 플레이했던 콜로나르 대륙에도 분명 고대의 소환수라는 것은 존재했었다.

마지막까지도 이안의 훌륭한 전력이 되어 주었던 할리칸

이 바로 고대 소환수 복원을 통해 얻을 수 있었던 녀석이었으니 말이다.

"고대에는 어떤 소환수들이 있었나요, 도르무 님?"

"허허, 고대의 소환수라……."

그래서 이안은 혹시 자신이 아는 고대 소환수 이름들이 나오지 않을까 기대했다.

이안은 할리칸 말고도 다양한 종류의 고대 소환수들을 알고 있었으니까.

하지만…….

"워낙 다양한 소환수들이 있지만 가장 최근까지 연구 중인 소환수를 먼저 얘기해 주자면 '다카로스'라는 녀석이 있소."

"다카……로스요?"

"거대한 뿔을 가진 황소 같은 녀석이지. 하체보다 상체가 세 배 이상 거대한 녀석인데, 신기하게도 이족 보행을 했을 것으로 추정되는 녀석이오."

"……."

"꼭 복원을 해 내고 싶어서 고고학 자료들을 최대한 수집하는 중이었소."

이안은 조금 당황한 표정이 되었다.

모르는 소환수의 이름이 나와서가 아니었다.

'다카로스가 고대의 소환수라고?'

영웅 등급의 소환수인 다카로스는 콜로나르 대륙에서 만

나볼 수 있는 소환수였으니 말이다.

물론 영웅 등급인 데다가 어둠의 소환수라서 희귀도는 상당히 높은 편.

하지만 고대의 소환수가 아니라는 것만큼은 확실했기 때문에 이안은 고개를 갸웃할 수밖에 없던 것이다.

"다카로스 이전에는 어떤 소환수를 연구하셨나요?"

"흠, 다카로스 이전에는 '세르망'이라는 여우 소환수에 대해 연구했었소. 심지어 이 녀석은 복원에 성공하기까지 했지."

게다가 도르무가 두 번째로 언급한 고대의 소환수(?)인 세르망.

"……!"

"소환술사 길드로 돌아가면, 소환수 보호소에서 뛰놀고 있는 녀석을 볼 수 있을 거라오. 어때, 대단하지 않소?"

녀석 또한 이안이 아주 잘 알고 있는 소환수 중 하나였다.

'세르망이라……. 아르노빌 고대 유적지에 가면 발에 치일 정도로 널려 있던 녀석이었지.'

그래서 이안은 한 가지 새로운 추측도 할 수 있었다.

'이거 재밌네. 혹시 베리타스의 시간대가 콜로나르 대륙의 시간대와 다른 건가?'

그리고 도르무와의 이야기가 이어지면 이어질수록 그 추측에 점점 더 힘이 실리고 있었다.

"혹시 복원하신 고대의 소환수 중에 진화에 성공한 녀석은

없나요?"

"하하, 방금 말씀드렸던 그 세르망이라는 녀석을 최근에 진화까지 성공했다오."

"오, 정말입니까?"

"'미호'라는 붉은 꼬리를 가진 구미호로 진화했지. 정말 멋진 녀석이었소."

이안이 콜로나르 대륙에서 알던 세르망은, '미호' 혹은 '소호'로 진화할 수 있었다.

그 말인 즉 상위 개체까지도 정확히 일치하는 같은 소환수라는 이야기.

'거기서 한 번 더 진화시키면 루델리체라는 강력한 녀석이 될 텐데…… 그것까지도 알고 계시려나 모르겠네.'

여기까지 생각이 미친 이안은 문득 엉뚱한 방향으로 머리가 굴러가기 시작했다.

'혹시 내가 알고 있는 소환수 지식들을 활용해서 도르무를 탈탈 털어먹을 수 있지 않을까?'

이안이 콜로나르 대륙에서 알고 있던 소환수들이 베리타스에서는 고대의 소환수로 분류된다면.

이안이 가진 소환수 지식들은 곧 고대의 소환수 지식이 되어 버리는 것.

이것들을 잘 팔아먹는다면(?) 도르무로부터 많은 것을 얻어 낼 수 있을지도 모른다는 생각이 든 것이다.

'이거 이거, 꿀 냄새가 진동을 하는데?'

하지만 일단 이안의 생각은 여기까지였다.

지금 더 중요한 것은 그런 부수적인 내용이 아니라 '핏빛 갈기 늑대'에 대한 정보를 얻어 내는 것이었으니까.

그래서 이안은 은근한 목소리로 물었다.

"그렇다면 도르무 님."

"말씀하시오."

"혹시…… '핏빛 갈기 늑대'라는 소환수와 관련된 정보도 알고 계십니까?"

퀘스트 진행 루틴상 도르무는 이 핏빛 갈기 늑대에 대해 알고 있어야 했지만, 그럼에도 불구하고 이안은 긴장한 눈으로 도르무의 주름진 입을 응시하고 있었다.

워낙 이안이 진행 중인 퀘스트들이 뒤통수(?)를 치는 경우가 많았기 때문에 한시도 긴장을 놓을 수 없는 것이다.

하지만 다행히도 이번에는 그런 일은 없었다.

"오……! 핏빛 갈기 늑대라? 혹시 그 전설의 소환수가 남긴 흔적을 쫓고 계셨소?"

이안이 말을 꺼내자마자, 도르무가 반색을 하며 곧바로 알은척을 했으니 말이다.

"그렇습니다. 붉은 바위 봉우리에서 핏빛 갈기 늑대의 혈통을 가진 '늑대'를 찾아내는 데 성공했지요."

"아니! 그게 정말이오?"

"물론입니다. 마스터 세인께 그 증거를 보여 드렸지요."

이안의 말이 끝나자마자 도르무는 무척이나 놀란 표정이 되었고.

"이럴 수가! 전설 속 펜리르의 핏줄이 아직 남아 있었다니!"

이안의 눈앞에는 기다렸던 시스템 메시지가 주르륵 하고 떠오르기 시작하였다.

띠링-!

-조건이 충족되었습니다.
-전설의 흔적 Ⅰ 퀘스트가 발동하였습니다!

전설의 흔적 Ⅰ

고대의 소환수들을 연구하는 고고학 연구가 도르무는 멸종된 전설적인 늑대종인 펜리르의 흔적들 또한 수집하고 있었다.

하지만 일반적인 고대의 소환수들과 달리 펜리르와 관련된 유물들은 찾기 쉽지 않았고, 가끔 운 좋게 찾는다 해도 그것을 해석해 내는 것 또한 무척이나 어려운 일이었다.

……중략……

하여 도르무는 당신에게 협업을 제안하였다.

자신이 가진 정보들을 아낌없이 공유해 주는 대신, 펜리르를 복원해 내는 작업을 함께하자는 것.

그리고 그 첫 번째로 도르무가 당신에게 원하는 것은 '괴물 늑대의 동굴'을 탐사하는 것이다.

도르무는 '괴물 늑대의 동굴'안에 고대 늑대종이 남긴 흔적이 분명히 있을 것이라 하였다.

퀘스트 난이도 : A

-퀘스트 클리어 조건

*'괴물 늑대의 동굴' 던전 B등급 이상으로 클리어.

*'다이어 울프의 송곳니' 아이템 획득.

-보상

*〈전설을 쫓는 소환술사〉 신화 획득.

*던전 클리어 등급에 비례하여, 추가골드와 경험치 획득.

*'주술사의 단검' 아이템 획득.

퀘스트를 수락하시겠습니까?

이안은 반짝이는 눈으로 퀘스트 내용을 읽어 내려가는 와중에도 도르무의 말은 이어졌다.

도르무는 이제 이안이 제법 편해졌는지 말투도 좀 더 자연스러워졌다.

"자네, 혹시 괴물 늑대의 동굴을 알고 있나?"

"잘 모르겠습니다."

"흠, 그런가. 하긴 괴물 늑대의 동굴은 일반적으로 찾기 힘든 곳에 위치해 있지."

"제가 그곳을 탐사하면 되는 거죠?"

"그렇다네."

"도르무 님께선……?"

"그곳을 처음 찾아낸 사람이 바로 나이기는 하네만, 그곳에 들어갈 수 있는 사람은 아마 자네뿐일 게야."

"어째서 그렇죠?"

"그곳은 펜리르의 혈통으로부터 인정받은 존재만 입장이 가능하다네."

도르무의 설명은 꽤 복잡했지만 핵심은 간단했다.

'그러니까 펜리르의 핏줄을 가진 소환수를 가진 소환술사만 입장할 수 있는 던전이라는 거잖아?'

펜리르의 핏줄을 가진 소환수란 지금 이안의 소환수 인벤토리에 보관되어 있는 평범한 회색늑대.

콜로나르 대륙에서는 발에 치일 정도로 흔했지만 이곳에서는 희귀하기 그지없는 이 녀석이 바로 던전에 들어갈 수 있는 열쇠였던 것이다.

'그렇다는 말은 무조건 최초 발견 보상을 얻을 수 있는 던전이라는 건데…….'

던전마다 조금씩 다르기는 하지만, 카일란에서 처음 던전을 발견한 유저는 막대한 혜택을 누리게 된다.

기본적인 옵션인 5일 동안 경험치와 아이템 드랍률이 2배가 되는 것만 하더라도 지금의 이안에게는 아주 꿀 같은 보상일 터.

"그곳을 탐사하고 얻은 정보들을 내게 공유해 줄 수 있겠나?"

"물론입니다. 당연히 그래야지요."

그래서 이안은 신이 났다.

도르무를 찾느라 하루를 꼬박 날렸다고 생각했는데 그 이상의 이득을 얻게 생겼으니 말이다.

'난이도가 A인 걸 보면 지금까지 퀘스트들만큼 비슷하게 힘이 들긴 할 테고…….'

지금까지 A등급 난이도를 받았을 때 퀘스트에 등장하는 몬스터들의 레벨은 대략 20레벨 이상 높은 수준이었다.

그것으로 미루어 볼 때 이 '괴물 늑대의 동굴'이라는 던전의 보스는 50레벨에 육박할 확률이 높을 터.

'준비를 단단히 해야겠어.'

대충 계산을 마친 이안은 도르무에게 고개를 꾸벅 숙인 뒤 다시 입을 열었다.

"이런 귀한 정보를 주셔서 정말 감사합니다."

그리고 이안의 깍듯한 인사에 기분 좋은 표정이 된 도르무가 껄껄 웃었다.

"어차피 들어갈 수도 없는 내겐 그림의 떡이 아닌가? 자네가 부디 탐사에 성공해서 대리 만족이라도 느꼈으면 좋겠구먼그래."

"걱정 마십쇼. 제가 꼭 펜리르의 흔적을 찾아오겠습니다."

"후후, 자신감은 좋지만…… 준비는 단단히 해서 가야 할 게야. 그 안에 어떤 위험이 도사리고 있을지는 아무도 모르니까."

도르무와의 이야기를 훈훈하게 마친 이안은 망설임 없이 곧바로 귀환하였다.

"그럼 탐사 마치고 뵙겠습니다."

"좋아. 그러도록 하세. 아마 자네가 탐사를 마칠 즈음이면, 나도 길드에 돌아가 있겠군."

지이익-!

-'귀환 스크롤'을 사용하셨습니다.

-'노비스 쉘터'로 이동합니다.

자신을 찾아내기 위해 혈안이 된 마족 유저들이 단체로 거인의 숲에 들어온 사실을 까마득히 모른 채로 말이다.

듀프리는 쉴 틈 없이 열심히 사냥 중이었다.

피핑- 피피핑-!

-'타락한 골렘'에게 치명적인 피해를 입혔습니다!
-'타락한 골렘'을 성공적으로 처치하셨습니다!

마치 누가 쫓아오기라도 하는 듯, 일분일초를 아껴 가며 필사적으로 활시위를 당기고 있는 것이다.

-레벨이 올랐습니다.
-33레벨이 되었습니다.

사실 듀프리는 베리타스 서버에 계정을 생성한 이후 단 하루도 여유롭게 사냥했던 적이 없었다.

하지만 최근 하루 동안은 더 필사적이 되었는데, 거기에는 두 가지 이유가 있었다.

그 첫 번째 계기는 바로 듀프리의 기준에서도 어마어마한 궁술을 갖고 있던 의문의 유저였다.

'이 듀프리 님이 궁사 클래스를 잡고 일반인에게 밀릴 수는 없어. 선출 체면이 있지!'

듀프리조차 흉내 내기 힘든 궁술을 선보이며 골렘들을 학살하던 그를 본 이후 승부욕이 강하게 불타오른 것이다.

'이전까지 내가 너무 안일했지. 게임의 시스템들을 활용하면 선수 생활을 하며 갈고닦은 실력 이상으로 완벽한 궁술을 펼칠 수 있는데 말이야.'

듀프리는 평생 활을 손에 쥐고 살았던 선수답게 '그'의 플레이를 조금 본 것만으로도 많은 부분 깨달음을 얻었다.

정확히는 게임과 현실의 괴리.

그 차이를 이용하여 자신의 궁술을 좀 더 게임에 최적화되도록 진화시킨 것이다.

'그를 다음에 만났을 땐 내가 한 수 가르쳐 줘야지.'

그리고 듀프리가 지금 이렇게 열심한 두 번째 이유.

그것은 다름 아닌 오늘 오전 시간을 날렸기 때문이었다.

정확히 말하자면 날렸다기보다는 꼭 해야 할 일을 하는 데 투자한 것이었지만 말이다.

듀프리는 오늘 오전, 피 같은 시간을 들여 '길드'를 창설했다.

길드명 : 로열클래스

길드 마스터 : 듀프리

현재 길드원 : 2명

가입 레벨 제한 : Lv. 30

길드를 창설하여 베리타스 서버 최고의 길드로 만들어 내는 것 또한 듀프리의 계획 중 하나였으니까.

'길드 창설 때문에 시간을 너무 많이 쓰긴 했어. 그냥 골드만 내면 끝인 줄 알았는데……'

길드를 창설하려면 마스터로서 최소한의 자격 증명을 위한 퀘스트를 해야 했는데, 그것이 반나절 정도 소요되었던 것.

듀프리가 창설한 길드인 '로열클래스'의 구성원은 그와 함께 신규 서버를 시작한 친구 하나까지 총 두 명이었다.

'어떻게든 오늘 34레벨까지는 찍고 자야 해. 길드 마스터가 길드원보다 레벨이 낮을 수는 없지.'

그의 친구 쿠반은 기사 클래스였는데 현재 레벨은 듀프리와 같았다.

원래 듀프리가 계속 1레벨 정도가 높았는데, 오전 시간을 할애하면서 동 레벨이 된 것이다.

여하튼 이런 복합적인 이유로, 온 정신을 집중해서 골렘들을 사냥 중인 듀프리.

하지만 지금 이 순간 그는 아주 치명적인 실수를 하고 있었는데, 그것은 바로 '타락한 거인의 숲' 서쪽의 너무 깊숙한 곳까지 들어왔다는 것이었다.

스슥-!

'뭐지? 이 소리는……?'

듀프리가 뭔가 이상함을 알아차렸을 때.

그는 이미 10명도 넘는 마족 무리에 둘러싸여 있었으니까.

"드디어 찾았군."

"놈, 각오는 됐겠지?"

그것도 아주 흉흉한 기세를 뿜어내는 성난 마족들이 말

이다.

···

"휴우, 오랜만에 푹 잤더니 개운하군. 오늘도 한번 빡세게
달려 볼까?"

시원한 새벽 공기가 느껴지는 이른 아침.

기지개를 쭉 켜고 일어난 아토즈는 개운하게 샤워까지 마
친 뒤 기분 좋게 캡슐 안에 앉았다.

아토즈의 컨디션은 지금 최상이었다.

베리타스 서버가 열린 뒤 잠을 거의 자지 못하고 있었는
데, 어제는 무려 10시간이 넘는 긴 시간 동안 한 번도 깨지
않고 숙면을 취했기 때문이었다.

띠링-!

　-〈베리타스〉 서버를 선택하셨습니다.
　-홍채 인식 완료. '아토즈' 님. 카일란의 세계에 오신 걸 환영합
니다.

아토즈가 이렇게 마음 놓고 푹 잘 수 있었던 이유는 당연
히 자신감 때문이었다.

'흐흐, 아직까지 내 레벨을 따라잡은 놈은 없겠지.'

그가 잠에 들기 전.

그러니까 10시간 전 아토즈의 레벨은 무려 37레벨이나 됐었으니 말이다.

상위 그룹 마법사 유저들의 레벨이 이제야 25~30레벨 정도인 것을 감안한다면 그야말로 압도적인 수준!

심지어 가장 레벨대가 높은 전사 직업군의 상위권 유저들 중에서도 35레벨이 없을 정도였으니.

아토즈의 입장에서는 안심하고 꿀잠을 잘 만했던 것이다.

'35레벨부턴 필요 경험치도 꽤 크고……. 흐흐, 날 따라잡은 친구가 있으려나 모르겠네.'

카일란에 접속한 아토즈는 콧노래까지 흥얼거리며 상태를 점검했다.

오늘은 마법사 길드에서 새로운 마법 몇 가지를 습득한 뒤, '삭풍의 고원'이라는 사냥터로 향할 예정.

삭풍의 고원과 연관되어 있는 히든 퀘스트까지 손에 쥐고 있었으니 오늘도 아토즈는 모든 일이 술술 풀릴 것만 같았다.

'아직 확실하진 않지만 히든 클래스를 드디어 얻을 수도 있겠어.'

하지만 그렇게 싱글벙글하던 아토즈는 다음 순간 표정이 확 굳을 수밖에 없었다.

"음……?"

캐릭터 상태를 점검하다가 무심코 누른 친구 목록에서 뭔가 헛것(?)을 본 것 같았기 때문이었다.

　　-루이사 : Lv. 39

　'이, 이게 대체……?'

　분명 10시간 전까지만 하더라도 루이사의 레벨은 33레벨에 불과했고, 그 레벨 구간의 요구 경험치는 그렇게 녹록하지 않았다.

　그런데 아토즈가 꿀잠을 자고 온 사이 그의 레벨이 전부 따라잡혀 있었다.

　아니, 따라잡힌 것을 넘어 무려 2레벨이나 역전당한 것이다.

　"말도 안 돼!"

　당황한 아토즈는 몇 번이고 친구 창을 껐다가 켰지만 달라지는 것은 아무것도 없었다.

　여전히 39레벨이라는 믿을 수 없는 수치가 루이사의 이름 옆에 떠올라 있었을 뿐.

　그리고 루이사도 양반은 되지 못했던 걸까?

　-루이사 : 이야, 이게 누구야? 쪼렙 마법사 아냐?

　그렇게 당황해하고 있던 아토즈의 눈앞에, 귀신같이 루이사의 메시지가 도착하였다.

  -아토즈 : 쪼랩이라니! 너 어디야, 지금?

  -루이사 : 후후. 난 이미 삭풍의 고원에서 사냥 중이지.

  -아토즈 : 뭐……?

  -루이사 : 허접한 누구랑은 달라서 34레벨부터 삭풍의 고원
으로 넘어왔거든.

  -아토즈 : 어떻게……!

  -루이사 : 내 실력이 좋아서 그런지 50레벨대 슈로글들도
잡을 만하던데?

  -아토즈 : 너 혹시 버그 쓴 거 아냐?

  -루이사 : 으히히! 그렇게 믿고 싶은 거겠지.

  -아토즈 : 말도 안 돼!

  -루이사 : 암튼 나는 다시 사냥하러 간다! 레벨 좀 부지런히
올리라고. 이 쪼랩아.

  루이사와 대화를 마친 아토즈는 씩씩거리기 시작했다.

  '아니, 다른 랭커면 몰라도 애한테 밀렸다고?'

  기분 좋게 접속하자마자 생각지도 못했던 봉변을 당했으
니 말이다.

  '대체 어떻게 한 거지? 벌써 39레벨은 말이 안 되는데…….'

  만약 이대로 루이사에게 계속 레벨이 밀리게 된다면 앞으

로는 더욱 지옥 같을 게 분명했다.

이 망나니 같은 동생의 유일한 취미가 바로 자신을 놀리는 것이었으니 말이다.

'그럴 수는 없지. 무슨 수를 써서라도 다시 역전해야 해!'

아토즈의 얼굴에는 더 이상 여유라고는 찾아볼 수 없었다.

심지어 앙다문 그의 입술에서는 비장함마저 느껴졌으니까.

"페레즈 쉘터로 이동하겠습니다."

"페레즈? 거긴 노비스 쉘터와 달라. 위험한 곳이란 말이지. 알고는 있는 거지?"

"물론입니다."

"50골드만 주시게."

"여기 있습니다."

쉘터의 포탈에 입장한 아토즈는 서둘러 삭풍의 고원으로 향했다.

오늘은 아무래도 쉴 틈이 없을 것 같았다.

꿈의 도약, 로크에서 하십시오
(주)로크미디어에서 신인 작가를 모십니다

즐거운 세상, 로크미디어는 꿈을 사랑하고 도전을 두려워하지 않는 작가 분들의 참신한 작품을 기다리고 있습니다. 21세기 장르 문학계를 이끌어 갈 차세대 선두 주자 (주)로크미디어에서 여러분의 나래를 활짝 펴 보시길 바랍니다.

모집 분야 판타지와 무협을 포함한 장르 문학
모집 대상 아마추어 작가, 인터넷 작가
모집 기한 수시 모집

작품 접수 시 유의 사항

1. 파일명은 작가명_작품명.hwp형식을 갖춰 주십시오.
1. 파일에 들어갈 내용은 다음과 같습니다.
   - 성명(필명인 경우 실명을 밝혀 주세요), 연락처, 이메일 주소
   - 제목, 기획 의도
   - A4용지 1장 분량의 등장인물 소개
   - A4용지 2장 분량의 전체 줄거리
   - 본문
1. 작품이 인터넷에 연재되고 있다면, 게시판명과 사이트의 구체적이고 정확한 주소를 기재해 주십시오.

선택된 작품은 정식 계약 후 출판물로 간행되어 전국 서점에 유통됩니다.
작가 분은 (주)로크미디어의 전폭적인 지원하에 전속 작가로 활동하시게 됩니다.
※ 자세한 내용은 로크미디어 홈페이지(rokmedia.com)를 참조하세요.

(03920)서울시 마포구 성암로 330 DMC첨단산업센터 3층 318호
(주)로크미디어 편집부 신간 기획 담당자 앞
전화 : 02) 3273-5135
www.rokmedia.com   이메일 : rokmedia@empas.com

가휼 판타지 장편소설

전능하신 영주님

「아저씨 식당」가휼 작가의 신작
이보다 더 완벽한 지도자는 없었다!

하루하루가 벅찬 인턴, 유성
별똥별을 보며 기도 한번 했더니
바르테온령의 적장자로 깨어나다!

귓가에 울리는 시스템 메시지
선대의 안배로 한 방에 소드 마스터?!

썩어 빠진 행정부 숙청부터
오랜 숙적과의 피 튀기는 전쟁에
드워프와의 역사적인 교역까지……

상상하는 모든 것을 이루어 주는
전능하신 영주님이 등장했다!

암살자였던 군주

김기세 판타지 장편소설

**죽음의 신에 의해 세상이 어지러울 때
암살자가 소리 없이 다가와 구원하리라!**

가족을 잃고 왕국 변방에서 평범하게 살아가던
전설의 특급 살수 가브

동생이 생존해 있음을 알고 찾으러 떠나지만
그의 앞에 펼쳐진 것은
누구든 구울이 되어 버리는 흑마법의 세상!

세상을 집어삼키는 것이 마신의 계획임을 깨달은 가브는
대항할 힘을 갖추기 위해 나라를 세우고
군주의 길을 걷기로 결심하는데……!

**군주가 된 암살자는 신도 살해한다!
마음 한편이 서늘해질 다크 판타지가 시작된다!**